流云散记

孟超 著
方继孝 整理

北京出版集团公司
北京出版社

图书在版编目（CIP）数据

流云散记 / 孟超著 ； 方继孝整理． — 北京 ： 北京出版社，2018. 5
ISBN 978-7-200-13254-0

Ⅰ. ①流… Ⅱ. ①孟… ②方… Ⅲ. ①文艺评论—中国—当代—文集 Ⅳ. ① I206.7-53

中国版本图书馆 CIP 数据核字（2017）第 236148 号

流云散记
LIUYUN SANJI
孟超 著
方继孝 理整
*
北京出版集团公司 出版
北京出版社
（北京北三环中路 6 号 邮政编码：100120）
网 址 ： www . bph . com . cn
北京出版集团公司总发行
新华书店经销
北京华联印刷有限公司印刷
*
880 毫米×1230 毫米 32 开本 5. 375 印张 100 千字
2018 年 5 月第 1 版 2018 年 5 月第 1 次印刷
ISBN 978-7-200-13254-0
定价：36. 00 元

自序

桂林疏散之後，倉皇的走出了居留五載的西南文化都市，帶着說不出依戀辛酸的多種情緒，自己背負着行李包裹，輾轉在廣西貴州邊境，一直到了陰曆年前一晚，才回奔到貴陽。當時去渝去昆，正在徘徊難定，忽然一陣「回歸熱」的大病，一直臥倒了五個多月，等到身體痊可，朋友告訴我說：「昆明氣候好，適宜休養」，於是復興而起，拖着疲憊不堪的身子，到昆明來。

昆明的好氣候，我一到，感到天都好似昇高了好幾丈大，而不寒不熱，更是宜人。比起貴陽那種一天到晚空里陰、往不歷，一夕數小[illegible]的人，那裏能夠支撐的滿，感到內氣，又無怪乎病的纏擾了。不過，到了昆明，生活還不是那末容易，有着旅伴，被窩的用吐出棉絮，破大衣何止襤褸，吃住滿腳去，仰人鼻息，早晚无定，这样又过十个月了。
本来在国家多难之秋，个人的安否，应在不论不议之列，可是新时注文
受苦，作家当然，而胜利声中，竟又人降下无端災害，这就
怕不止一人一分的了。况且，十个月难不过补几天，但情
於五華山的「谈会」范大，也常发过惊事情，敢於也有「自由」的思
想，多少也还可以顾及，这些不大不小的事，都更有感於怀，有触
於心，写，起初每起念已不动的笔来，真係杠铁棍一般，慢
慢又写了成八九篇文章，名之曰「流云」，非敢有「行云流水」的高
闲情雅致，亦不过说明是「流落在云南所写的吧了。」一只
实还只是昆明一点而已。
说到昆明，谁也不会忘记这里有金马、碧鸡两山，更有金马
碧鸡的牌坊来表彰它们的胜迹。在此时此地，一边受着「马
蹄的践踏，一面听着「鸡」声的唱鸣，象多少县的心情，固然不外，

而鸟里的暗夜，也总有被鸡叫醒了的时候。这大约就是自己未敢妄自菲薄，轻於搁笔的意思，至於鸡声究竟的嘹亮与否，那也非所计了。

昨天，重从重庆来信，说九岁的小孩子又害肠炎，急待镑就医。急忙的把这些零乱的破碎，集合起来，[redacted]「辛苦都为稻粱谋」，谁能晓得稻粱以外还有疾病，而且不只是害在自己身上的病，也这样累人的长叹了一声，跑到街头书肆里，又要打听行市，请求顾主。「流云」，流出来吧。发他流到那里吧！

三月十四日深夜。

《流云散记》谈

孟超（一九〇二——一九七六），原名宪启，字励吾，又字公弢，笔名有东郭迪吉、林青、林默、迦陵、朱伦等。山东诸城县人。出身于诗书世家，幼承家教，诵书学术，具有传统文化修养。一九二五年“五卅惨案”后，孟超返原籍发动组织“五卅惨案后援会”，是年加入中国共产主义青年团，次年加入中国共产党，不久赴武汉参加全国第四次劳动大会，后到全国总工会宣传部工作。一九二八年初，他与蒋光慈等在上海组织太阳社，出版《太阳月刊》，同时创办春野书店，写作了大量进步文章。一九二九年秋，他参与筹建中国左翼作家联盟，是“左联”的创始人之一；冬，与夏衍等创建上海艺术剧社。他曾先后在上海、武汉、北平、桂林、重庆等地从事革命文艺活动。一九三〇年四月起，相继任中共上海市闸北区行动委员会宣传委员、上海市总工联宣传部长。一九三二年三月，组织沪西纱厂工人罢工，被捕。次年七月被保释出狱，他自此与党组织失掉联系。一九三五年夏，在青岛与王统照、老舍、臧克家等创办《避暑录话》文艺副刊，并为之撰文。“七七事变”后，孟超投身抗日。翌年起先后任国民党第五战区第十一集团军宣传队长、三十一军政治部干事、广西绥靖公署国防艺术社总干事等职。一九三九年夏，孟超赴桂林文协分会工作，并致力于杂文、历史小说创作。一九四〇年八月与夏衍等创办杂文刊物《野草》。一九四四年秋，日军进犯桂北，他被迫转赴贵阳、昆明。一九四六年夏，孟超到重庆，任《萌芽》月刊编委，先后兼教于中正中学、西南大学；同期，还参加编辑《西南日报》副刊“高原”、《大公报》旬刊“ 漫画漫话”、《新民报》“艺术周刊”等。一九四七年六月，他参与学生抗暴斗争遭反动当局通缉，只身去香港，为《大公报》《文汇报》撰稿。一九四八年七月，参加茅盾主编的《小说月刊》任编辑，同年十一月，重新加入中国共产党。一九四九年初，由香港取道朝鲜赴东北、华北解放区。新中国后，孟超曾历任国家出版总署科长、北京图书馆（今国家图书馆）副馆长、中国戏剧出版社总编辑和人民文学出版社副总编辑等职。

在中国现代文学史上，孟超集作家、出版家、戏曲作家、杂文家、诗人于一体，为推动二十世纪的文学艺术的发展做出了卓越的贡献。他的文艺创作是从写诗开始的，一九二七年已有诗集《候》问世；一九二八年又有诗集《残梦》出版。之后，他开始写小说。一九二九年，出版小说集《冲突》，一九三〇年，又出版小说集《爱的映照》。还有历史小说《骷髅集》（一九八二，桂林文献出版社）和《〈金瓶梅〉人物论》（遗作，北京出版社列入“大家小书”二〇〇三年出版）。抗战以后，孟超的创作主要是戏剧，写作最多的是杂文。他最早的戏剧作品是独幕剧集《我们的海》（一九四一，桂林白虹书店）。他的戏剧，最为著名是他一九六一年开始创作，于一九六三年完稿并在北京公演的昆曲《李慧娘》。

《李慧娘》是中国文化宝库中凄美动人的四大爱情故事之一。孟超的昆曲剧本《李慧娘》，是根据明代周朝俊的传奇作品《红梅阁》改编的，讲的是南宋奸臣贾似道害死美女李慧娘，李化为厉鬼报仇的故事。《李慧娘》不仅演绎了一个弱女子的复仇，更是颂扬了人间的爱情与正义。公演后，当时的报纸纷纷发表评论，赞扬《李慧娘》是一出好戏。廖沫沙发表赞扬《李慧娘》的文章《有鬼无害论》。孟超的老乡康生，还将《李慧娘》推荐给周总理看。国庆十二周年，《李慧娘》作为戏曲文化精品，参加了北京天安门彩车游行。可是，随着政治气候的变化，《李慧娘》被说成是“黑戏”，是以此为一九五九年在庐山会议之后，被罢了官的右倾机会主义分子鸣不平；借写历史剧为名，猖狂地向党向社会主义进攻。因此，孟超打成“反革命修正主义分子”，从北京来到了千里之外的湖北农村，在一个叫做向阳湖的地方接受“劳动改造”，繁重的劳作和无休止的批斗，使他身心遭受了极大的摧残。他干的是最脏的活，清扫厕所，把粪便背到菜地。向阳湖的夏季，气温高达四十度，厕所里蚊蝇飞舞，令人欲呕；而雨季，草中毒蛇出没，水中蚂蝗横行，他却要天天劳作，风雨无阻。一次下雨天，他挑着粪担摔断了腿，简单治疗后，又不许他休养，他只得担着担子，拄着拐杖，往田间送粪。夜晚，还要写检查。他在向阳湖积劳成疾，一九七六年刚回到北京就去世了。

孟超擅长杂文，成就最高的也是杂文。由于他的文学根底扎实，信笔写来，旁征博引，借古讽今，挥洒自如，杂文风格酷似鲁迅，为文坛所称道。新中国后，《人民日报》编委、文艺部主任陈笑雨，曾在《人民日报》副刊开辟了一个以“表彰先进，匡正时弊，活跃思想，增加知识”为方针的“长短录”杂文专栏，专栏作者由文学家、政论家、历史学家夏衍、吴晗、廖沫沙、孟超、唐弢等五人组成。自一九六二年五月至十二月，他们分别撰写了“时而有如投枪和匕首，时而又好像灯火和闪光的锋锐犀利”的三十七篇文章，在读者中产生了强烈共鸣。

孟超写的杂文数量很多，生前曾结集出版《长夜集》《未偃草》和《水泊梁山英雄谱》。《流云散记》，是孟超生前已经编目、写序、剪报，准备出版的杂文集。不幸的是，还没来得及出版，“文革”开始了。这部杂文集稿本连同他的所有藏书都被“抄”走了。

二十年前，我在琉璃厂一个熟悉的店铺里翻阅杂书，发现了这部《流云散记》稿本。稿本后面，附有三页草就抄录的目录，其上写有：“解放前孟超毒草二”。这是当年“造反派”留下的笔迹。

从中学时代，我就喜欢阅读杂文。翻阅《流云散记》稿本目录时，即被吸引。于是在店铺里粗读了稿本中的《贪污政策发微》《秦桧恶性种种》《论秦桧禁野史》《还得谈秦桧》《“莫须有”考证》等几篇。这是第一次读孟超早期的杂文，对其文笔极为仰视，当即决定买下来。因稿本是剪报贴本，只有序言为孟超亲笔，又没有落款，店主索价不高。

孟超的这册剪报本杂文集，报纸很差，有的字迹模糊，有的字体很小，辨识很是费力，但我还是一篇不落的读完了，有的文章读了不止一遍。正是从这册《流云散记》中，我领略到孟超先生广博的学识和犀利的文笔。

《流云散记》的序言，是孟超用毛笔写下的，字体率意洒脱，一气呵成。写字的纸很薄，背后用旧刊物纸裱糊，第一页用的是司马文森的《一个人的回忆》；第二页是《沈同衡的《关于漫画创作问题》；第三页是华嘉的《灯下杂谈》。序言八百多字，记述了作者在“国家多难之秋”的日子里所经历的颠沛流离的生活情景：

> 桂林疏散之后，仓皇的走出了这一居留五载的西南文化都市，带着说不出依恋辛酸悲愤地各种情绪，自己背着行李、包裹，辗转在广西贵州边壤，一直到了阴历年的前一晚，才奔到贵阳。当时去渝去昆，正在徘徊难定，忽然一阵“回归热”的大病，一直卧倒了五个多月，等到略见痊可，朋友告诉我说：“昆明气候好，适宜修养”，于是瞿然而起，拖着疲惫不堪的身子，到昆明来。
>
> 昆明的确气候好，乍一到感到天都好似升高了好几丈，

而不寒不热，更是宜人。比起贵阳那雾一天到晚，上空里沉沉往下压，一个渺小的人，那里能够支撑的消，感到闷气，又无怪乎病的缠扰了。不过，到了昆明，生活还不是那末容易有着落的，被窝四周吐出棉絮，破大衣何止褞袍，吃住仰人鼻息，早晚无定，这样又过十个月了。

本来，在国家多难之秋，个人安否，应在不论不议之列，可是战时注定必须受苦，系属当然。而胜利声中，却更人降下无端灾害，这就怕不止一人一身的事了。况且，十个月虽不过短短几天，但五华山的“误会”炮火，也曾受过惊悸；“放枪”也有“自由”的恩宠，多少也遭到波及，这些不大不小的事，更有感于怀，有触于心。写，起初拿起久已不动的笔来，真系扛铁梁一般，慢慢又集成八九万字，名之“流云”，非敢有“行云流水”的闲情雅致，亦不过说明是“流”荡在“云”南所写的吧了。——其实只是昆明一区而已。

说到昆明，谁也不会忘记这里有金马、碧鸡两山；更有金马、碧鸡的牌坊来表彰它的胜迹。此时此地，一边受着“马”蹄的践踏，一边听着“鸡”声的唱鸣，忧伤悲愤地心情，固然不少，而乌黑的暗夜，也总有被鸡叫曙了的时候。这大约就是自己未敢妄自菲薄轻于搁笔的意思；至于鸡声究竟响亮与否，却也非敢所计了。

昨天，妻从重庆来信，说九岁的小孩又害肺炎，急待款就医。急忙的把这些零乱的破纸，集合起来，“辛苦都为稻粱谋”，谁晓得稻粱以外，还有疾病，而且不只是害在自己身上的病，也这样累人。长叹了一声，跑到街头书肆里，又要打听行市，请求顾主“流云”。流出去吧。管他流到那里哩！

三月十四日深夜。

孟超《自序》中所说，《流云散记》“名之‘流云’，……“亦不过说明是‘流’荡在‘云’南所写的……”。而“把这些零乱的破纸，集合起来”，大概是他即将离昆赴渝明之前的事了。

《流云散记》中的文章多发表在《观察报》副刊《昆明湖》上。这是抗战后期出现在昆明的报纸。一九四五年八月十五日，日本无条件投降，《观察报》办报人陈仲山、张萍庐离滇迁回南京而停刊。另一位从南京来昆办报的老报人王公弢自愿留昆，该报继续在昆明发行。原本为《观察报》副刊写杂文、评论的孟超，继续为王公弢接办副刊《昆明湖》写稿。当时昆明的报纸，有的是日出对开一张四版或二张八版，也有出六版的，有的是日出四开一张不等。在各报办的副刊中，《观察报》的副刊办得尤为生动活泼，较受读者喜爱，刊登的文艺作品和影剧评论也很有质量。

孟超在昆明滞留的时期，抗战刚刚胜利，内战阴云密布全国。全国人民普遍要求和平民主，反对内战和独裁。蒋介石统治集团表面做出期望和平的姿态，暗中却进行“动员戡乱”，在之后的日子里，许多共产党人和进步人士遭到逮捕和暗杀。《流云散记》中的杂文正是在这种背景下写出的。在一九四五年八月至九月，仅仅一个月的时间里，孟超在《昆明湖》和其他报刊上刊发的短评杂文就有数十篇之多。这一时期，其杂文特点是：内容广泛，或以史为鉴，或谈戏喻今，莫不短小精悍，锋锐有力。如果说，读孟超《长夜集》（一九四一，桂林文献出版社）和《未偃草》（一九四三，桂林集美书店）还不能完全领略到孟超的擅长从历史中找出讽刺现实的材料的话，那么读《流云散记》，将会有深切地感受。

《流云散记》主要由三个部分组成：《旧史新话》《旧剧新谈》《妙文共赏》。《旧史新话》十余则杂文，上起东汉赤眉军兴，下讫吴三桂反清，从《唐明皇的幸与不幸》，到《谈秦桧恶行》《论秦桧禁野史》，至《谈明初文字狱》，在对历史人物事件扼要介绍与评述中，述感抒怀，启人思考。《旧剧新谈》七篇文章，谈了七出戏，从《珠帘寨》“看唐代军事外交”；《法门寺》“表现的阉宦政治”；由《祥梅寺》“谈到黄巢杀人”……戏剧故事与现实结合，时有散文笔调，见人之所未见，确可品味。

《妙文共赏》与《旧史新话》《旧剧新谈》更有不同，批评时事，揭发时弊，泼辣有力，有如投枪和匕首，剑指国民党统治集团。如《贪污政策发微》《官箴与民心》，揭露了国民党统治集团中的军政党员贪污腐败、生活穷奢、招摇勒索的丑恶行经。《谈开放言论》呼吁当局“言路开放”，要有采纳谏议的勇气，不要像周厉王和秦始皇那样，拿着直言当诋毁，限制舆论自由。《旧话新提谈周作人》《不准汉奸自杀》，对周作人为自己当汉奸的“强辩”和陈公博的以“自杀”逃避罪名，给予深刻地批判，指出：周作人的罪恶虽未必超过陈公博、周佛海，但为虎作伥，已然抛弃名节、叛离民族，走向了违背时代的反动道路；而对于陈公博这样的汉奸，在抗战胜利之后，应加以极刑，处以国法，不能让他们随便地自杀，以逃避罪名。

《流云散记》还有几篇是写女性的，名曰：“女性群像”和“妇女群众”，总共四篇。其中《谈杨贵妃——从杨贵妃看所谓“裙带社会”》一篇，征引颇丰，纵深开掘，多方论证，暗讽了“蒋家王朝”的四大家族，裙带关系盘根错节，在国家的战乱中暴富，假公济私，穷奢极欲的行经，而最终的结果是“永远的被侮辱与咒骂着”。

《秋雨秋风忆秋瑾》是孟超在鉴湖女侠秋瑾女士殉国的祭日所写的纪念文章。文中，他抨击了专制暴力，发出了“血是没有白流的”呼喊！文末，他呼吁：“有暴力存在的一天，总难免于流血，妇女的健者们，踏着秋瑾女士和她以后的一切的血迹，前进呵，别怕！”抗战胜利不久昆明就发生了大规模的学生游行，军队特务向游行队伍投掷手榴弹，炸死四人，这便是震惊一时的“一二·一惨案”。作者“有感于怀，有触于心”，发出了反对“专制暴力”的呼声”。他“此时此地，一边受着“马”蹄的践踏，一边听着“鸡”声的唱鸣，忧伤悲愤地心情，固然不少”，他渴望并等待着“乌黑的暗夜，也总有被鸡叫曙了的时候。”

一九四六年夏，孟超离开了昆明，到重庆工作。行前，他想在昆明找一家书店出版这个集子，未果。于是孟超带着这部稿子先后到重庆、香港，然后由香港取道朝鲜赴东北、华北解放区。“一唱雄鸡天下白，换了人间。”“乌黑的暗夜”终于过去。一九四九年十月一日，中华人民共和国成立，孟超到北京参加文化出版工作。

从一九四六年至一九六六年，二十年间，孟超一直在文化出版部门的领导岗位工作。令人不解的是，这部浸染着孟超的汗水和睿智的《流云散记》却始终没有出版，直至抄家后遗失。或许是孟超先生过于自律，没有提出过出版的要求；或许是他认为书稿的内容不合时宜了。这其中的原委，我们已无法猜测。

从一九四六年至一九六六年，再到二〇一六年，北京出版社慧眼识珠，决定出版《流云散记》，这部书稿已经在世间漂泊了整整七十个年头。我相信会有很多读者们喜欢这本流荡了七十年的书稿；孟超先生的在天之灵，也因此会得到慰藉。

方继孝

二〇一七年十二月二十五日星期一　十一时初稿

目录

I

Ⅱ

Ⅲ

Ⅳ

V

I

历史的钥匙

朱伦　史零

历史常常是现实的钥匙，任你把真情如何的藏在保险箱里，加上几重金锁，外贴封条，但瞒不过读史的人。过去的事实，稍微一留神，便不禁哑然失笑，从谜里谎里跳脱出来了。

随便举一个例子吧：东汉赤眉军兴，王莽派兵剿除，史称：“（王匡、廉丹东）合将锐士十馀万人，所过放纵。东方为之语曰：‘宁逢赤眉，不逢太师。太师尚可，更始杀我。’”

从这不加粉饰的几句民谣中，不但看到当时人民痛恨官家军队之深；且可对照史家所采朝报作个反面的考察：因为在正史上，我们惯于看到的是王师浩荡，秋毫无犯，平定贼寇，市民不惊等等如荼如锦的美妙文章。并且说赤眉杀人无厌，献忠李闯杀人如麻；甚之于还伪造出黄巢作反，祥梅寺里开刀，好似天生杀星专来人间过杀人瘾一样的。然而，读此数句，才知道伪造事实的是谁，骗人撒谎的是谁，世间真实的消息，是不容盖抹的。

赤眉，黄巾，黄巢，李闯，献忠之流，在皇家的瞳孔里，以其动摇统治政权，目之为贼，称之为寇，给他们假造出许多罪名罪行，把自己的罪恶加在别人的头上，其实他们为虐政所迫，无以为生，铤而走险，他们也有他们的理由，而且他们也有他们的纪律。皇家欲想一手掩尽天下耳目，故不惜倒行逆施，颠倒黑白，千古一辙，往往如斯，可是谁也想不到在历史缝里，却透出了这点秘密的。

皇家如何，贼寇怎么，固然我们也不必沾滞的去用口舌来争论，但从这里可以打破一个谜，就是：宁信民谣，别听那些官家官报的堂皇公告，庶可免除上当受骗哩。

唐明皇的幸与不幸

朱伦

最近黎东方教授在讲说“三国”之后，又在讲说“唐明皇”，因为看到海报过迟，未及亲聆高论，颇引以为憾；不过，对唐明皇这位圣明之主，也是素所钦佩的，所以忍不住的在黎教授讲说之后，也表一点自己的看法。

在中国帝王之中，我觉到最值得尊崇赞仰的，没有过于唐明皇的。他在执政初期，被称为开元之治，有杜如晦等为他支撑着场面，也算在历史上留下了一页，及至晚年，拥有“杨梅”二妃，欣赏着她们的舞姿美态，享着人间的艳福；有时自己也打打边鼓，扮扮小丑，更不失为名票友，浪荡君王。后来虽因“安史之乱”，博得一个千乘万骑西南行的结果，然而峨嵋山到底是中国名胜，借此逍遥一番，不但比现在的波兰流亡政府，未出自己的国境，来的漂亮冠冕，而且胡儿禄山的大兵不再前进，也用不到抱头鼠窜，再向昆仑山帕米尔高原逃难，可以安定下来以坐待恢复之机，以便回銮。有人说皇帝总是有福分的，从唐明皇身上看，好像真有天保佑似的。

后来安禄山是怎样失败的，我们倒不必管他，可是安禄山的失败，就是唐明皇的胜利。这种逻辑，据说是天经地义，而唐明皇也未曾红脸。这以逃亡而胜，以等待而胜，你说不又是他的福气吗？在历史上我们这位以逸待劳的福王，真可以说开了古今中外的前辙的。

以后，他便铺张扬厉准备驾返长安，自己胜利了，当然可以无惭的用不到切腹自杀；还算好，也没好意思的抢到即位灵武的肃宗的前边；盖因为他步步设防，最后一着，当太上皇更是君上之君，皇上之皇了，也是说不出的幸事的！

可是，当了太上皇之后，住峨嵋总是鞭长莫及，布置善后大计到底有些麻烦。太上皇虽然是不费吹灰之力博得了胜利，但事实上却成了泄了气的卵泡，空洞洞的了，结果只有追想“梅杨”二妃，抚股而暗中痛楚的，这又不能不说是他幸中的大不幸吧！

然而，我对于唐明皇这位天祐圣主，总是仰望崇敬的，尤其是在这等地方，叩之专家黎东方教授，大约也应无异吧！

太监政治举例

朱伦　史零

明朝宦官魏忠贤专权，朝廷宵小，争趋附之，结成羽翼。当时文臣有崔呈秀等，谓之“五虎”，武臣田尔耕等，谓之“五彪”，又有尚书周应秋等，谓之“十狗”，此外更有群小结成的“十孩儿”“四十孙”等名目。自京中六部至四方督抚，无非阉党，宦官爪牙满布天下，而天下人民在这种政治之下，自然就几无噍类了。同时，魏阉的生祠遍于各地，许多狐群狗党，还倡议把他配享孔庙，硬要把生殖器崇拜以下的丑态，传播到全国，那末这种政治还有甚么可说呢？

不过，这还只是一面，他们的党羽除了抬高宦官之外，还会陷诬正人：当时崔呈秀所造的“同志录”，鼓上蚤汪文言，地煞星七十二人，符合朱武时迁等地煞之数。到了阮大铖，进一步的又造出了“百官图”，详叙了何人该杀，何人该逐，按名杀害，几无幸免。……这些，又正说明了宦官政治下的另一种的摆布。

宦官为甚么有这样大权柄？为甚么有人供奉，有人依附，造成了阉党势力？实在说还因为统治者需要这批不男不女在人性上割势了的家伙，这不单是为了恐惧秽乱宫闱而畜养着他们，他们既已献身，又会善伺主意，更不惜用出阴贼阴狠的手段，就不怕当皇帝的不亲之近之，视为贴身的政权的忠实的拥护者了。在皇帝的心里，把这些不干不净，又干又净的货色抬高起来，他们那变态性格实在说也配了变态政治的胃口，以之防止天下善类，以之剪除那些为国家为天下着想而不专替皇帝私人利益打算的正人君子，这就叫做巩固皇权；可是这末一来，皇权就阉割成宦权了，皇权政治也就去势成为宦权政治了。诸葛亮在《出师表》上暗指着黄皓向阿斗说的："亲小人，远贤臣，此后汉所以倾颓也。"话固然说的不错，但他还是没有彻底的懂得做皇帝的心理哩。

因为皇帝把阉宦引为同调，视为知心；于是天下之崇拜皇权的奴才们，又焉得不自下蚕室，或连下蚕室都不必要的，甘为太监做干儿的义子，借以接近御座。于是阉权逐步扩大，太监势力与皇帝势力合而为一，政治便呜呼哉了！

不过，话还得说回来，阉宦政治也只是指的某种政治形态而言，其实没有太监的时代，还不是一样吗！

贪污政策发微

东郭迪吉

造成贪污政治固然有许许多多的原因，但最奇怪的，则莫如自污政策，而转向于贪污，这真是“禁止做好，只有做坏”，然后上安下快，天下于是乎太平矣。

《史记·萧相国（何）世家》云：“客有说相国曰：‘……上所为数问君者，畏君倾动关中。今君胡不多买田，贱贳贷以自污？上心乃安。’”于是相国从其计，上乃大悦，上罢布军归，民遮道行言，相国强卖民田宅数千万。上至，相国谒上。上笑曰：“夫相国乃利民！”民所上书皆以与相国，曰：“君自谢民。”

从这段记载上透露出历史上的两点秘密：第一，有权有势的豪家可以任意强夺民间田宅，执政者便是破坏行政的主犯，这是谁都看的清楚的事。其次，在举世滔滔，尽是贪污之辈，你如果翘然特出，要想做官是站不住脚的；而所谓“上”者对于部下殖产自肥，便以无大志而放心了，也是皇家心理，做官诀窍的。

固然也有不少贪污之徒假装着自怨自艾的号于人曰："大家这样，那能独清？如果标奇立异，不但站不住脚，难免灾祸临头哩。"这不免是烟幕弹，嘴巴上的撇清，事实上的骗鬼。

但如萧何之事，世上又何曾少。举世皆浊我独清，举世皆醉我独醒。于是皇帝担心，百官侧目，你和我们背道而驰，便是另有想法，别有所图。"另""别"之间，就是不利于朕，不利于朕，难免有叛逆之嫌，这可使"上"芒刺在背，昼夜不安了。何若馆其糟者歠其酾，掘其泥而扬其波，讨得皇帝叫一声乖乖儿，自己也如坦道驰马，日可利市万倍呢。从这里引伸下去，人民望官清，皇帝望官浊，盖有至理存在的。

其实，再推广开去，历史而下类此者甚多，又岂但贪污一端为然。金殿銮脚好人少，帝王政治之破产，也就在这里注定了的哩。

谈秦桧恶行

朱伦

秦桧之恶，人尽皆知为杀害岳飞，为排除忠义之士，以遂其主和的奸谋；而在当其主政之时，另一些罪恶，却多不为一般人所悉，如不为之介绍出来，则似乎对这样一个人尚未勾勒完全。要知全貌，下文倒是一个很好参考。

史载："（桧）性阴险深阻。如崖阱不可测。同列论事上前。未尝力辩。但以一二语倾挤之。俾帝自怒。一时忠臣良将。诛锄略尽。其顽钝无耻者。率为桧用。争以诬陷善类为功。凡无罪可状者。则曰'立党沽名'。曰'讪谤'。曰'指斥'。甚则曰'有无君心'。凡论人章疏。皆桧自操以授言官。识之者曰：'此老秦笔也'。晚年残忍尤甚。屡兴大狱。察事之卒。布满京城。稍议之者即捕治。中以深文。专务罗织。执政惟取备员。甫入辄出。立久任之说。士淹滞失职。有十年不调者。然附之则立与擢用。开门受赂。富敌于国。外国珍宝。死犹及门。……"

根据这些，已绝够使人恐怖的了，言路封闭，生路断绝，侦骑四布。暗探盈国，人民在他高压政权之下，想不但噤若寒蝉，且早已堕入人间地狱，无可幸免。至于开门受赂，富敌于国，无人敢问，那不又是当然的吗！

或者曰：桧为民族罪人，似可概括一切。其实，出卖民族利益和压迫人民是分不开的。在民族问题上是卖国贼的人未有不虐待人民的，同时，对人民欺骗高压者，他在民族问题上，亦必然只顾个人利益，不为国家着想。说秦桧是民族罪人，同时也是虐待人民的公敌，大约不是故意加重他的罪名罢。

呜呼，思风波亭之冤狱，读罗织虐杀之史文，即后世今日，有不欲生吞贼肉者，盖无是理罢！

论秦桧禁野史

迪吉　陈之骥

南宋高宗，从秦桧之请，初禁野史；后又从郎林机言："有失意之人，匿迹近地，窥伺朝廷，作为私史，以售其邪说，请禁绝之。"复下诏申禁之。这是南渡小朝廷禁野史的一回事。

我们知道秦桧自奉金人指使回到中原之后，拼命做他那内溃工作，力主变相投降甘居附庸的和议，杀害流贬自主图存的抗金力量无所不用其极。想那时候，所谓"国史"也者，当然早变成了贼桧的扬声筒、代言机关，极尽颠倒是非混淆黑白之能事，不会再有而且不允许再有董狐、司马迁等人的直笔史家存在的地位。然而民间总有一付公正的天枰，事实不容歪曲，欺骗盖抹不了每一个人的眼睛。史遗而求诸野，正因为朝廷之外还能找得出真实的史底，和无私的舆论。民间向背从违的记载，是根据了你自己的所作所为，也就凭了他亲眼所见，亲耳所闻，和正义所动于心而发的，不是谁两手所能掩饰得了的，更不是谁金钱威力所能收买压抑得下的。这样，就会揭发出魔术毯子里的实象，就会泄露出藏匿不住的奸诡行为，那自然是对宋天子秦相爷不利的。于是你请，我干，再使唤奴厮走狗敲着边鼓，那末，禁，野史非禁不可！

关于这事，周静轩以为："史者，公天下后世之是非者也。岂以一人之私，而能灭众人之公论哉？贼桧掩藏其恶之不暇，亦愚矣。"吕东莱亦以为："公是公非，举天下莫之能移焉。"这些卓见都足以击中贼桧的要害；公是公非，到底存在，伪造假装挡不了真实，真实也不能涂色着漆，这是万古不磨的真理。不过要说贼桧"亦愚矣"，我却有点不大敢同意。他既然甘冒天下之大不韪，就能移假作真，不惜把国史也都变成了私利的记录，且必能装点的冠冕堂皇。如民间野史尚存，人总要对照一下子，那就不但骗不了当时，怕连后世也都不会有人上当的，所以非消灭野史不可。他明白之至，又何尝愚呢！但正从这一点上，也证明了他对野史的畏惧。野史像镜子，会照的妖魔现形；像禹鼎，会铸出了奸恶的实象；他禁野史，也正是十分的怕野史呢。

至于他禁得了禁不了，那我想除非把普天下主持公道的人的心剖尽，把普天下人的眼睛耳朵全都挖去割掉。野史却是禁不绝的。

要怕，只要自己莫为，除此都是无济于事的。

可是，因为他禁野史，更使人特别感到野史的可贵，从禁里透出一个秘密来，就是：要得到事实真相，还是来读野史吧。

还得谈秦桧

朱伦

从历史上看每一时代的政治舞台，一方面好似在不断的变着，一批角色上来，一批角色下去，连布景、砌末都跟着移上挪下的；可是再仔细的考察一下，上来下去，都还是在一个舞台上，扮花面也好，扮小丑也好，还不离那批演员。所以戏是戏，戏的现实，总带有迷惑性的。

这里最明显例子，莫如宋代之南渡与秦桧的当权。南渡打着恢复的招牌，其实赵构之与徽钦二宗，其昏乱荒唐，有过之无不及。招牌虽然由汴梁搬到江南，考其所为，实质上并没甚么变更，任用秦桧一事，是最好的反映。

秦桧从金国回来，我们且不说他是放回来的，还是逃回来的，甚至于也不妨做一个梦认定是金朝力蹙势穷，来一个所谓“浪子回头”也好，——但居然有范宗尹、李回之流力保其忠，赵构便亲之信之，付以大权。事先事后，不加考察，这就是耐人寻味的事。

老实讲秦桧之与金，设谋效忠，连他老婆的裤带都献给四太子的；后来回来，虽不必与墨索里尼一般枪毙示众，但起码也应该和贝当、赖伐尔之流一样，来一个切实审讯才对。这些手续似乎在国难期间一概从简了，那末他便由头号汉奸、卖国敌探，一变而为当朝一品的相爷了。这在他好似是变着，而所谓大宋政治也者，还是继续糜烂着，又那里曾变呢？

有人说秦桧在最初也曾主战过的。其实这又何足为怪，眼前的例子如周佛海之流，还不是曾说过不少的漂亮话的吗，又何碍后来当汉奸呢。刘豫不幸，被杨沂中大军消灭，张邦昌后来也取消帝号回来了，不过他因为与四太子之关系，还未至连老婆的裤带都解给他的程度，可也不失为“降敌救国”之苦心，就不能不由“姑念……”而把他曲原了的。从这里想下去，秦桧后来之当权，就不无原因了。

至于赵构对秦桧引为亲信，还有一个道理，用秦桧固然为了同金国保持一个神秘关系；同时，秦桧用，而李纲贬，岳飞死，连曾经附和过秦相爷的张浚也不得免，这就在于恢复力量之茁长总是有妨于南渡小朝廷的淫乱政权的。为了维持赵构的淫乱政权，就不能不以消除他们为第一，而对金为第二了。秦桧能做到这点，那末即使他不翻归来，我想赵构要也和他勾勾搭搭，把他招回来的呀！

“莫须有”考证

陈之骥

读宋史秦桧矫诏下岳飞于大理寺狱，坐系两月，无可证者。韩世忠心不平，诣桧问其实，桧曰：“飞子云与张宪书，虽不明，其事莫须有。”世忠曰：“莫须有三字，何以服天下也。”对“莫须有”三字，究有怎么深意，而下何以与“何以服天下”相联系，常以为从这中间必可找出一些蛛丝马迹，以证明秦桧陷岳飞除了表面上人人所能见之理由外，恐怕还有说不出隐情存在的。

秦桧为天下之大奸慝，以金人第五纵队的领班，握持南渡小朝廷的大权，杀一岳飞亦指顾之际。飞虽武功震烁一时，但到底一将而已，要说罪名，阻挠和议，还不是异常明显的事，何须与张俊搜求证据，更不必诱王贵、王俊，从张宪、岳云身上兜一个大圈子，归到岳飞，才能构造罪案呢。而况既称之为“莫须有”，也不必费此工夫费此大力了。“莫须有”既可定罪，“莫须有”即能杀人，其对世忠语，若非失于检点，便是故意以哑谜作答，而不使表露内心者，世忠之以“服天下”对，盖亦仅对此语而发，所以三个字里边就有很多的文章了。

过去论此事者，大都只就表面和议问题而发，自然和议为桧之素志，然而使赵构真有恢复之念，当早从李纲谏言，未必南幸；故土收复，地盘扩大，未尝不是赵构所愿者，只以徽钦回銮，三个皇帝，如何处理。唐玄宗幸蜀，肃宗即位灵武，以号召天下讨贼，天公地道之事，然而以后还有驱玄宗于西内，足征其辗辗不安之态，构明于此，故不惜引桧为心腹，宁愿向大金称侄称儿，却不愿本国人民脱离外族的羁绊，这并非诛心之论，循其事迹确是如此，许多史论家亦多指出这点，但我从秦桧——构的灵魂——的行动上，从“莫须有”三字上，加以推敲，深觉还有深于此的。

因不愿徽钦回銮，才不惜放弃恢复大计，如果果按着家天下的道理来说，还是他们赵家父子的事。读史如果得间，秦桧拍卖国土，赵构热中皇位，一个是当了外族的经纪人，一个是连自己的父兄亲族都不顾，那末对于本国人民，对于外姓力量，当然更排挤之不厌其尽了，岳飞之死，“莫须有”三字的来源，如果从这里探求线索，大约还有深于和议以外的吧。

据宋史所载岳飞除对金战功之外其最主要之事迹，还在于号召民间恢复力量，他曾遣牛皋、杨再兴、李宝等，分布经略西京诸郡，又命梁兴渡河，纠合忠义社。朱仙镇大捷之后，更使梁兴会太行忠义、两河豪杰，败金人于垣曲。至于两河豪杰李通等众帅归飞中原，尽磁、相、泽、潞、晋、绛、汾、隰之境，皆期日兴兵与岳军会。父老百姓，争挽车牵牛，载糗粮以馈义军。皆足见当时情形，所谓中原义军，所谓忠义社，太行忠义、两河豪杰，自然不是大宋皇帝赵构所任命的将帅——毫无问题是民间恢复力量了。民间力量一起，就不能不使秦丞相、赵官儿感到头痛，这又不止成了绊脚丝，对和议添加许多麻烦，且这些单纯的只知为国家着想为人民着想的人物，未必会能眼看着他们君臣勾通一气，为所欲为的。

况在赵构心目中，这些势力之抬头，无论在和在战，在今天，在将来，都是对自己有百害而无一利的。更甚于徽钦之安然回国吧，因为民间力量的长成势逼着就要走上战的一途，那宁赠友邦，不给家奴的想法，赵构算盘是一向如此的，战而获胜，他更会兢兢然，深恐自己的政权发生摇动，皇位坐不稳当，想到将来去扑灭的困难，也就不能不在扰扰攘攘的时候，摧毁着他，不让他成长之为愈了。另外的事实，更可从侧面证明，终赵构之世，去李纲、张俊，秦桧撤淮南守备，夺诸将兵权，召张俊、杨沂中班师，罢韩世忠，连朝廷将帅都不能容，更无论民间力量了。所以说桧构杀岳飞，是杀害了恢复力量，同时更是杀害了民间力量的胚育的萌芽的。自然，在桧构之引为自得的，怕还不只在死一岳飞而已，对民间恢复种子，迎头捶击，断草除根，用不到兴师动众，措自己皇位相位如磐石之安，谁说桧构没有他们的心计呢。

根据这些事迹，我们不难找出“莫须有”三字的注脚了。所谓“莫须有”，并不作不必有罪案解，而是心里的话，嘴巴上说不出口。只要有这些事实横竖彼此明白，罪案有没有还不是一样吗？又何必论岳云致书张宪之有无，张宪措置使飞还军之确否呢？故韩世忠以“何以服天下”作愤愤然的答语，“天下”二字怕也是针锋相对，直刺着贼桧贼构的心肝。

有人以为岳飞未尝如我所论者，他们曾剿平过曹成，诛灭过杨么，只看忠义社、太行忠义、两河豪杰怕难免不仅着重于一面。然而曹成部下尽皆归飞，杨么更是显然与刘豫有所勾结，秦桧分明奉金命而来，前此之张邦昌虽曾在金人卵翼之下僭号称帝，只以迎构有功，亦终不失为昭化军节度副使。刘豫如不为金所废，和议局成，又难保不摇身一变即成当朝要角。而杨么更未必不因与豫有关，而为剿灭忠义社、太行忠义、两河豪杰之前部先锋呢。桧，构，邦昌，刘豫，固在一条线上，飞之平么，如从这边着想，盖又未必无因也。

更有人说：如此论“莫须有”，难免舍和议之道，而求揣度之远，颇近于附会歪曲。桧、构、岳飞以及民间恢复力量，事载于史，铁证如山，难道我真的会以桧构伎俩反加其身，也以“莫须有”来硬造他们的罪案吗？

陈东之死

东郭迪吉　陈之骥

南北宋之际，是中国历史上一个混乱的时期。一方面金人侵略无厌，虏去徽钦二宗，掠取北方土地，逼迫了康王构跑江南，建立了偏安的小朝廷。同时，国内苛捐杂税，以及额外的搜刮，使得民不聊生，只就花石纲一端，即可见搜刮民膏的厉害。而为国内外混乱之枢纽的，又有和议之举，更使天下骚然，民情悲愤，难以抑压。那时候，人民关心国是，上书请愿，甚至形成群众运动，时有所闻。这中间，陈东大约成了一个中坚。就史书所载，陈东前后上书，凡七次之多：

一为请诛蔡京、梁师成、李彦、朱勔、王黼、童贯六贼。

一为童贯挟徽宗东行，请追贯还，正典刑。

一为金人迫京师，又请诛六贼。

一为请复李纲、斥李邦彦等。

一为又请诛蔡京。

一为乞留李纲而罢黄潜善、汪伯彦。

一为请亲征，以还二圣，治诸将不进兵之罪，以振士气，车驾归京师，勿幸金陵。

这中间请诛六贼，请复李纲，皆率太学诸生为之，尤以请复李纲一举，率千馀人上书宣德门，军民不期而集者数万。结果，使朝廷亦不能不服从舆情，复纲右丞，充京城四壁防御使。这种精神，不独看出一个有正义感的知识分子的不屈不挠的态度，而且说明了人民关心国家局势的热烈。

我们考察这种正义培植起来的原因，不能不归功于王荆公变法时，思以学校养士，竭力扩充学额的远见。太学生人数增多了，于是政治运动的风气也自然而然的提高。可是朝廷对此无一贯的政策，在敌人来时，一筹莫展，便开放言论，或者俯从舆论；而一朝敌退，即使不便直说禁闭言路，但无形的却又加了束缚限制。故当时曾有“城门闭，言路开；城门开，言路闭”之语。于是为陈东者，虽能在危急中，掀起了震动一时的壮举，但宋朝总有门开的时候，那些权奸们就不会轻轻的让他如此嚣张而妨碍他们害民误国的举动的。所以，结果陈东还是遭忌被杀的。

陈东的最后一次上书，是请高宗亲征，以还二圣。人家正在偏安自得，他偏以不入耳之言进，就无怪乎黄潜善以语激帝，并恫吓之曰：“若不亟诛将复鼓众伏阙。”如是为了镇压民间舆论，为了消灭群众的行动，而陈东就不能不作为牺牲了。这也就证明了朝廷之一时服从舆情，不过迫于势耳，他会给你记上账簿，必有决心杀害之一日。这样，陈东焉得不死！

可是，话又说回来了。陈东死时，毫无畏惧。食已，如厕。吏有难色，东笑曰：“我陈东也。畏死即不敢言，已言肯逃死乎！”正义所在，能使超脱于生死观念之外。敢言就不怕死，权奸之刀虽利，难道真能以杀来消灭人间正义吗？所以说，陈东虽死，而正义又何尝泯灭呢？

谈明初文字狱

东郭迪吉

“文字狱”最利害的，谁都知道是清朝，从顺治康熙以至雍正绵亘数朝，屡出不穷，自然这是为了压制汉族而设的罗网，中间是含着民族问题的。可是明朝朱元璋洪武皇帝扫除蒙古侵略力量，登基以来，这类文字狱也不在少数，且有据可考之事实发生，倒是出于汉族人本身，无关民族问题了。从这里看起来，文字狱只要你是统治者，就会有一套利害，那里还在乎同族异类呢。

据赵翼《二十二史札记》云：

明祖通文义。固属天纵。然其初学未深。往往以文字疑误（误吗?）杀人。亦已不少。

并且他引用《朝野异闻录》：当时三司卫所进各地贺表，表中凡有作“则”，睿性“生知”，遥瞻“帝扉”，体乾“法坤”“藻饰太平”，天下“有道”等字样，被诛戮者十馀处二三十人；而且我们这位赋有天纵，能通文义的汉族皇帝还加了不少解释，把他们罗织成罪名，就原书所载，洪武皇帝的圣意：

……盖“则”音嫌于“贼”也。“生知”嫌“僧”也。“帝扉”嫌于“帝非”也，“法坤”嫌于“发髡”也，“有道”嫌于“有盗”也，“藻饰太平”嫌于“早失太平”也。

除此，又引《闲中今古录》载：

杭州教授徐一夔贺表，有“光天之下，天生圣人，为世作则”等语。帝览之，大怒曰：“生者僧也，以我尝为僧也；光者则薙发也；则字则近贼也。”遂斩之。

又僧来复谢恩诗，有“殊域及自惭，无德颂陶唐”之句。帝曰：“汝用殊字，是谓我歹朱也。又言无德颂陶唐，是谓我无德。虽欲以陶唐，颂我而不能也。”遂斩之。

根据这些事实，固然我们可以看出那些上表的上谢恩诗的人们，是求荣反辱，拍马屁拍在马蹄子上；然我们这位能通文义的皇帝，实在太高深了，反而表现的他胸无点墨，还硬要冒充懂文义，那真使这些因文字狱而被害的，死后还是啼笑皆非哩。

我们再深一步追求一下，他为甚那末怕影射到“贼”“僧”等字样，甚至有些歇斯底里似的神经那末过敏呢。大约不管你是甚么出身，一爬金銮殿就会作福作威，虽不尊严，也要板起面孔来装一装蒜哩，如是俗语所谓“当着和尚别说驴”。他就学会了搜根揭底，牵强附会，总怕别人揭出他的实底子，挖了他祖宗的墓茔，使天命（天命非民命）之所归的皇帝老子，露出猢狲尾巴，伤损他的威势。这样便就宁可赚一个对事理不通、对文字外行的声名，摆在千古的史简上，绝不肯稍存遗漏被谁揭了疮疤。

话还得说回来，贼又算得甚么丑恶?（其实所谓贼者，倒是人民反抗的标志。）和尚又何尝不能做皇帝。（和尚也是人民。）如果真能为国着想，为民打算，贼与和尚也自有人拥护，问题就在于皇帝之与贼，之与和尚，是站在两个不同世界，所以今天当了皇帝，明天就会杀贼杀和尚的！

姑且认为贼与和尚是贱民吧；但尽管由你怎样怕人谈说你的实底，而冲天冠滚龙袍无论如何遮盖不住你的贼相，而秃驴到底是秃驴！（而且我还疑惑他不配是贼，只是瘪三；不能算和尚，只是驴崽子而已！）

谈吴三桂的反清

孟超

吴三桂献上了山海关，勾引了清兵杀进中国，姑且无论他的动机是真正为了替崇祯复仇，还是不共戴天的以“宁赠友邦，不与家奴”的精神，为芟除李自成而发。更或者“冲冠一怒为红颜”只是舍不得爱妾陈圆圆。因而出此，这些都不必管他，总之，一有了这一位冒牌申包胥，而汉族河山，就沦陷了三百多年，汉族人民就受了异族蹂躏，子子孙孙不能翻身，倒是一个铁打的事实，所以他的功罪，也就用不到审讯便昭然若揭了。

不过，当清廷大势已定，局面已成，海内兴复势力，已被剪灭殆尽，而他却忽又高张“义帜”，以兴明讨虏大将军名义，发檄天下，叛离清廷。在满洲人眼光里，只拿“反复无常”四个字，用不到深究，剿灭之而已矣。可是在我们看前后异途，几若两人，这就有总括起来追究一下的必要的。

自然在为敌作伥之时，受足了主人的无上的恩宠与优异，建立藩镇，封之为王，虽不必割天下之半以予之，然而西南一隅，亦比一个山海关总兵，来的荣耀。及后，天下已定，匡复力量已平，他自己的欲望日见提高固然是一个事实，而清廷撤藩之举，更使其反侧难安，由是降清反清，不能不出在一个人力上，变成自己打嘴巴，前后矛盾起来。

姑且把他前一段引清入关事实掩起，只就以后反清而谈。除此理由之外，要说他以前真正忠于清廷，则以后撤藩，当俯首听命，用不到叛乱。要说他前后都是为了明室，那末绞杀永明王的是他，剿除恢复力量的是他，以民族为号召也不过是个幌子而已。至于再说到陈圆圆，美人老去，当年宠爱，未必三四十年的为新意，相传圆圆出家为尼，盖未必无因者。那末以后证前，以前较后，不如除个人欲念与撤藩一事之外，则吴三桂留何说之辞。

我根据日本延室中自福州船传出三桂起事檄文，载日人稻叶君山《清朝全史》第三十章（三藩之平定中）所载，一开首就是：

> ……一时李逆倡乱，聚贼百万；横行天下，旋寇京师……普天之下，竟无仗义兴师，勤王讨贼。……李贼逃遁痛心若父重仇，冤不共戴；誓必亲擒贼帅，斩首太庙，以谢先帝之灵。

底下才叙到满人入关后之情形，才来了一个自怨自艾，勉强的为似反省了一下：

不意狡虏逆天背盟，乘我内虚，雄据燕都；窃我先朝神器，变我中国冠裳；方知拒虎进狼之非，莫挽抱薪救火之误！

于是，便盖尽自己的欲念，抹去撤藩的事实。

“恭奉太子，祭告天地，敬登大宝。”他又成了大明忠臣，汉族义士。是的，变的真快，文章是多末冠冕堂皇，自己就这样推翻过去了。

从这篇檄文里边，我更恍然地悟出一个问题来，他首先说：亡明者，乃李闯也，非清朝也，然后才述叙自己降清的理由，提出清廷的背盟，而揭示了兴兵的用意。念兹在兹，还是李闯王为第一位。所以我们说他勾引清兵是为了扫除国内农民反抗的力量，后来叛清，进根揭底仍是这个原因，家奴是比友邦可恨万分，而吴三桂的眼里心里就不能不以清廷为狼，而以李闯王就视为虎，始终摇晃着他的影子了。

本来站在吴三桂的立场上，李闯与清廷较是有高低的不同。异族兵到，尚可封官晋爵，而闯王一到，那……下文就不好说了，因为李闯王的要求，和他的要求是在两个不同的方向的。

所以说吴三桂对清廷的忽降忽叛，近因固然是为了欲念提高，是为了清廷撤藩，而统观前后，仇内而不仇外的心迹，是活画出将军的威势；这里边又何须再夹杂上崇祯之死，陈圆圆之虏，其实还不是一样吗？

人们忍不住生活迫害而起哄引起异族内侵的事实，常常是会做了汉奸们反覆无常的口实。吴三桂借李闯王作自己丑恶的掩护，其实这不但是掩护不了自己，且更足显出他鸩毒的心，血腥的手，向着国内，向着人民哩。

如此说来，三桂之降清，固是汉族人民的仇敌，叛清也成不了义士，仍然是汉族人民的对手，他降与反，又何尝能骗住谁呢！

Ⅱ

从《珠帘寨》看唐代军事外交

东郭迪吉

《珠帘寨》一剧演唐代黄巢作乱，程敬思奉旨往沙陀国借兵，沙陀国王李克用因为曾摔死国舅段文楚，被唐王问罪，贬至沙陀，初不肯应；但后来看到珠宝，又加上他有两位泼辣的夫人，程敬思走了内线，终于出兵，路上收服了周德威，才杀奔中国而来。

故事大略如此，据说最初是红净戏，名《沙陀国》，后来经谭贝勒鑫培采取了大鼓书腔调，变为老生戏，才改成现在名字，这些还是让旧戏研究家去谈，我们在这里不必管他。至于李克用之事实，因为手下没有唐书，也不能详加考证，但李克用是一名鸦儿，善射，眇一目，当时称之独眼龙，助唐平定黄巢。后来他儿子李存勖在唐亡之日，继朱温称帝名为后唐，都见于正史。李存勖就是《珠帘寨》戏中的大太保，都是斑斑可考的。

我们知道唐代的军事外交大概可分为两个时期：初唐太宗

高宗各朝，极力贯彻对外扩大领土主张，所以东伐高丽，北平突厥，灭薛延陀，西降西域诸国及吐谷浑，南服诸蛮……但到了天宝的末期，有了安史之乱，便不但不暇，对外攻伐，而且平内乱就不能不依赖了外力了。安史之平，回纥帮了一个很大的忙，当时名将如郭子仪、李光弼，也都是在这一政策之下成功的。到了晚唐，黄巢作乱，于是，又只好求拜沙陀。安史之乱，是藩镇造反，固是国内问题，而黄巢之乱，更是农民起哄，具有革命意义。但不管怎么样，我们的大唐皇帝到了此时确是早已失掉独立自主的力量，只能东依西靠，来维持自己的统治。而中国朝政，更不能不被外族牵着鼻头走了。

至于李克用之出兵，戏上说全是两位皇娘的力量，这大约是好事者故意调侃一下我们这位与国英雄罢了。但金银珠宝，是能打动了他的心坎的，尤其是大唐帝国土地这末宽广，物质这末雄厚，就是互市通商也可以有大大的便利可图。况且李存勖之成为后唐庄宗者，虽说天下是取之于朱温，但没有沙陀出兵，又何能至此呢？我想当时唐朝之热爱沙陀，一定会有奉敬的是沙陀兵，恭维的是沙陀兵，模仿的是沙陀兵，心爱的是沙陀兵，自天子以至于庶人，心里眼里醒里梦里全是沙陀兵。你想我们这位独眼王还能不乐于做一份人情，从远远的沙陀，来替你们剿除黄巢呢？不只乐于，而且有出兵之日，无回兵之时，你需要借助我，我又那有不帮忙到底之理呢？

不过，这问题的关键，还在于黄巢身上，因为黄巢是“贼寇”，是农民革命，是动摇大唐统治的，在唐王眼里心里自然没有替黄打算盘的义务，也不必去追问他的造因，可是很能体会到有黄巢便与自己不利，最低限度也是能削弱自己的威势的。

然而那时的唐朝，已近临秋末晚，黔驴技穷之日，只要能够稳定自己的御座，只要有人前来帮忙，还管他沙陀或者回纥，总比向黄巢低头好的多，这样谁说晚唐之军事外交政策，与借兵沙陀，扑灭黄巢，没有他的理据呢？也正因为如此，舞台上的《珠帘寨》，直到今天还成为红戏哩！

还有人以为李克用不但是外族，——沙陀国王，而且还是唐朝的叛将哩。以外族而兼叛将来剿除黄巢，似与国典未合，其实还不是一样吗？只要是为了黄巢，为了起哄的农民，借外力固无不可，与叛将合作不也更好吗！

从这种观点上，我看《珠帘寨》一戏，我如是发现了唐代末期军事外交一个前人未发的秘密了！

《法门寺》表现的阉宦政治

东郭迪吉

旧戏《法门寺》一剧，谁都知道事实出在明代，演傅朋与宋巧姣、孙玉姣的姻缘关系，中间经过许许多多迷离曲折，及因偷情而酿成命案的故事。所以前段尚有《买雄鸡》《拾玉镯》等，总合起来，又叫做“双姣缘”。但出于何典何书，似乎无所根据。只就《法门寺》一段而论，因太后降香，宋巧姣告御状，刘瑾主持全案大审，平反冤狱，便就牵连到一个阉宦政治问题了。

本来中国之阉宦政治，在历史上有名的所谓“西汉亡于外戚，东汉亡于宦官”。其实汉以前已有悠久的根源，见于剧本的《黄金台》之伊立出自战国，《宇宙锋》的赵高出自秦代。而汉以后，最盛而且最跋扈飞扬一时的，则更莫如明朝。魏忠贤当时权倾天下，义子干儿居然都是朝廷贵人，有人拍马屁，就给他到处立生祠，并且把一个割掉卵泡的货色送进了文庙，其势焰就可想而知了。魏阉而下，如王振之流，监军监政也就是扰军扰政，又加上一个扰民。刘瑾在这中间，地位仅次于魏阉，那《法门寺》一剧，自可使人相信；我们看到他那骄纵尊贵之气，被称为九千岁，替太后讯案，发号施令，俨然重臣。虽然傅宋孙一案，因之大白，但在舞台上看到他那股子威势也够叫人不寒而栗了。

据有人说：此剧之编成，盖在清季，当时因李莲英受西太后之宠幸，拥权纳贿，炙手可热；无耻之士大夫，借图跨入仕途，又乏银钱珠宝作为投奔门下之资，认为儿孙，李又未曾公开收拜螟蛉，乃于穷极无聊，而编此剧，假刘瑾之德政以图献媚。后以此剧情节曲折动人，所以留传于世，一直到现在。

这话我很相信，不但由于此剧找不出根据，而且清末李莲英之地位，士大夫之趋附献媚，都有线索可寻；而以刘瑾影射李莲英，以剧中之太后影射慈禧太后，更可证明，即使傅朋、宋巧姣、孙玉姣，甚至郿坞知县赵廉等，不必实有其人，实有其事。为了拍马屁，而虚构事实，凭空作伪，又何尝不可呢？这点自可补戏剧考证家之阙疑的。

不过，天下事常常日的在此，而却得到相反的效果。我们且不说民间看过这剧的，早已有“刘瑾作恶了一生，只做了这一件好事”的评论。皮里阳秋，也就是说他虽是有德于傅朋宋、孙二姣，但到底只是一两个人的事，比较起来，他危害天下人民之罪恶，轻重之间，绝不能掩盖过去。尤其是舞台上，借着小太监贾桂的打诨，句句都是尖刻的讽刺，语语都是揭露太监的实根底子，而所谓恭维的结果，却反而到处都变成笑骂。据我想，如果真是为了拍李莲英马屁，原剧必不如是，大约为伶人们在场上随口加上的，比较可靠；不管怎么样，就引出我另外一种看法了。

阉宦政治在中国是有着几千年的祸根，而人民对于他们是深恶痛绝的。即使还有人想为他们开脱，向他们吊膀子，献媚眼，然而，公理自在，正义尚存，愈是要颠倒是非，抹煞事实，而缝隙之间，总会泄出了他们的真实。尤其是在对比和影射之下，更能清楚如鉴，这样就不怕谁来涂抹历史，伪造故事，置黑为白了。因为阉宦终是阉宦，政治上所造成的罪恶，绝不能压根涂洗净尽的。

由此类推，如果真的有写这样阿谀的剧本的，也不过心劳口拙而已，至于阉宦政治之实质，亦不过为卑污小人当权误国，造成阉割卵泡的政治局势的一种标志而已，其实又不必真正为刘瑾，为李莲英之类，净身与不净身，论之者曰，还有甚么关系呢！

由《祥梅寺》谈到黄巢杀人

东郭迪吉

旧戏《祥梅寺》一剧是演唐末黄巢作乱的故事，据说他未起兵之前，和祥梅寺僧极有交情，当时寺内忽见异迹，那僧每晚去添佛殿灯油，总感觉到比平日消耗的多，他便在半夜之后去偷窥，看见了许多人忙忙碌碌在抄造名册，等他找到了机会偷瞧一下，才惊讶的知道某月某日某时黄巢造反，杀人无算，在数不能逃，第一个就拿他开刀。他吓的不得了，便往黄巢处哀求，黄巢开玩笑的说道："你到那时候藏躲起来，我就杀不到你了。"于是到了那一天，他就早早找地方藏躲，可是这里那里，总觉着不妥，最后忽然发现寺前一棵空心大树，便藏进去了；果然黄巢就在那时候起事，杀兴大发，却到处都找不到一个人，便恨恨的把大刀向树上一劈，那僧也就这样糊里糊涂被杀死了，应了神兆。

这事大约是由甚么笔记小说中取材的，但不可考。至于说黄巢造反是天遣杀星，这类的事，过去的传说上，也不只他一人为然。古来所谓好人恶人之出世，皇天总预示异兆，如果是被称为真命天子，就会有活龙出现，祥瑞万千，以说明这绝非偶然。至于被称为“恶人”“盗寇”的，也总不外是煞星妖怪，如张献忠之“七杀碑”，甚至《水浒传》上一百零八条好汉出世，就先有“洪太尉误走妖魔”的楔子，都是同样道理。不过这中间还有一个不同点，就是真命天子的示瑞，是说明天命不能违，你们人民就得服从。而“强盗”造反，其所以造反的造因，谁逼出来的，怎样逼出来的，就可借此盖抹，推到天数，人用不到来负责了。

关于黄巢的传说，除了祥梅寺故事之外，还有说他文武全才，曾中文武状元，只因长的太丑，不像人形，天子一见大怒，贬了状元，于是他就造反了。可是，根据《新唐书·逆臣列传》：

> 黄巢，曹州冤句人，世鬻盐，富于赀。善击剑射骑，稍通书记，辩给，善养亡命。……濮名贼王仙芝乱长垣，……而巢喜乱，即与群从八人，募众得数千人以应仙芝。

事实如此，并没说他丑，也没有说他中过状元，为甚么这样讲呢？不过借以证明“贼”有贼相，不但分内不该中状元，而且还是杀人不眨眼的家伙哩。

至于黄巢是否杀人无数，现在用不到替他辩护，因为果真

“造反”，不杀一个人，不流一滴血，天下总无这般道理，但未必是生性好杀，在史书说他杀人最多是在长安，而根据《新唐书》原因倒是：

> 巢复入京师，怒民迎王师，纵击杀八万人；血流于路可涉也，谓之洗城。

且不提黄巢后来终于失败，《新唐书》是皇家的正统的记载，这笔杀账，难免伪造；即就史论史，亦可想见当时长安市民反覆于官军“贼军”之间，盖有不利于他之举，而不能不出此也。亦绝非无端妄杀，杀人过瘾之类。所以要加上一个“杀人无算”也正是有意要证明他的残忍罢了。

既是“杀人成性”，就不必有理由，造反也不过专为了过杀人瘾而已；可是我根据赵翼《廿二史札记》所载：

> 自安、史之乱，兵役不息，田土荒芜，兼有摊户之弊。如李渤疏所言，渭南县长源乡本有四百户，今才百户。阌乡县本有三千户，今才千户。由于均摊逃户，十家之内，五家逃亡，即令未逃之五家均摊其税；如石投井，不到底不止。

由此一端，就可见黄巢之“乱”，绝非偶然了。为甚么偏要说他“杀人成性”？一个“成性”就掩护一切的造因，而黄巢不能自安，人民之不能自保，也就成了有苦不许说的冤案了。呜呼“性”，呜呼“杀”，坑死了天下多少的无辜呵！

话还得说回来，《祥梅寺》一剧“黄巢杀人的传说”这些来路，就可不问而知了，横竖黄巢不会造自己的谣言，那末不是出于“皇家”，便是皇家的“忠臣”“义仆”。传说也者，大数也者，画了一个大圈子，实质上也不过如此而已。所以我说，杀人无算，杀人成性，倒不是黄巢，而是这个“数”字，而是那些“逼民于反”的人呵！

《四郎探母》——“杨家将”故事的恶转化

马力

在中原二卷一期上读到翦伯赞先生之“杨家将故事与杨业父子”。他根据“宋史”“元曲”各种资料说明杨家一门三代转战疆场，保卫国土，力御外寇，而厄于朝内权奸，壮烈之牺牲，残酷之遭遇，实为当时人民所共见。而同生惋惜者，然宋史有意无意的记录不详，足使人为之不平，但悲剧之所唱演，稗乘之所记载，亦可以寻出一些线索，使此沉冤千古之民族英雄，得以存留部分事迹，流传后世。亦不幸中大幸也。

可是我以为杨家父了遭遇之不幸，固不只此。生前遭受了权臣汉奸之嫉妒与谋害，死后又遭了史家对事实的歪曲，在翦伯赞以为已经冤沉不白千古不幸了，但在他们冤枉和不幸尚不止此。尤其倒霉的还有《四郎探母》之类的戏把他们加以事实的强奸，更是九泉之下无可申诉的。《四郎探母》是清朝内廷戏，实在说在编剧的技术上，场子之紧凑，词句之雅典，口白之简练皆为旧戏中之最上乘者，所以一直到今日仍是流行着成为剧场中红戏之一：也正因为这样，才更污蔑了杨家父子，才更能传播它的毒素的。

杨家将的故事之出现舞台上的，南宋时代的《打王枢密爨》（即元曲《谢金吾诈拆清风府》），元明则有《附同者》与《昊天塔》《开诏救忠臣》《活捉萧天佑》《破天门阵》等以及后来京戏中《碰碑》《夜审潘洪》等皆同情杨家，或借抒其悲惨之情景，或发泄其不平之愤慨，而《四郎探母》则不然，表面也好像同情杨家，很合人情的，但骨子里却与那些剧大大有了差别。

金沙滩双龙会，杨家八弟兄死的死，出家的出家，够惨淡了：而这中间出了个杨四郎，竟然被俘，且在北国招为驸马。等到六郎挂帅，佘太君押粮到前方时候，四郎忽动乡思，而引出夫妻猜心事、盗令等场面，后四郎出关探母，虽在全家挽留中，终于别母抛妻，返回北国。

故事大概是这样，想这里就有很大的问题了。全剧的编制，特别强调思母思乡，及对公主盗令的感激心理。事当两国交战，关系于国家观念与家庭观念的矛盾，尤其宋辽两大民族的战争，而剧中找不出一丝一毫的民族意识。被俘招亲，已是投降之另一式样。既能归到故国阵营（且是母与弟所统率的部伍）而又返回，固然说义不负公主盗令之情，但正为这点才在中国人民之传统的家族观念与狭隘的恩情思想，找到根据，把国家民族的重要，种种的一缕烟雾遮盖的一点影子都没有了。过去有人说四郎之别母离妻，曾不负公主，也是不孝不义。据我看尤有甚者，回到祖国军队中而又返敌人营垒，怕还在不孝不义之上，加重以蒙上个不忠的罪名吧。

自然《四郎探母》这一故事，未必的确出自杨家将的真实事实。清内廷为了制造汉奸思想和投降的和平主义的宣传，就有意造出了这一故事。因其作用之大，阴谋之深，故剧本亦不能不使其完整有力。至于历史上有多少汉奸人物不可拿来当作资料，其所以附会于杨家将者，亦有意对中国历史反抗异族的人物加以诬蔑的。这样我们不能不同情受到强奸了的杨家人物，深恨清入主中国后采用的麻醉政策之恶毒了。

今天，在中国对异族抗战的局面之下，不但军事政治各方面，须加强民族思想，以作支力，退一步说戏剧就是娱乐，就是认为戏剧无关宏旨者，亦须使其与此不背。不然汉奸理论，投降和和平思想，假借“人情之常”“不负恩负义”等的，剧幕之下，潜以鼓励迷乱人心于无形，这大约也是不应存在的吧，可是各剧场照常上演，照常以廉价的离合感情来博得观众同情。以散放剧中所蕴蓄的毒素，这蒙其害的又不止历史上之杨家将人物，且进一步的为今日抗战意识之危害了。

此外，类于《四郎探母》仍以杨家将故事为题裁者，尚有《南北和》《雁门关》等，亦皆出自清朝内廷，其作用与《四郎探母》一样。惟以故事及剧作不如《四郎探母》，且多雷同，故流行不如《四郎探母》之广，害世不如《四郎探母》

之深，现在不过举一《四郎探母》为例，至于那些，亦当一样的不应使其出现于今日之舞台上者。

《红鸾禧》的底蕴

马力　剧场外人

《红鸾禧》一剧，本来是写世态炎凉，故事述叙一穷秀才莫稽，在饥馑迫困几成饿殍时候，幸得一丐头女儿金玉奴之怜，予以饭食，其父闻其为秀才，乃以女许之。女随莫赴京赶考。后莫得中进士，以女出身微贱，顿萌恶念，将女推落水中。女幸遇某官——乃莫之上司——救起，认为父女，更冒称己女以谢莫而嫁之。于是女乃棒打薄情郎，数落其不忠不孝不仁不义，仍以大团圆结束。

这戏是很合小市民口味，然而描绘穷措大一朝为官，而反常态，深到处有似于《儒林外史》上所写之人物，而世情冷暖之感，更觉动人，真能使观众忽而愤慨，忽而痛快。

最初，我何尝不也像一般观众那样，以为别看一曲平常的喜剧，倒给普天下的女子吐了一口闷气。虽然有点阿 Q 味，可还无碍大体，可是，仔细想了一想，透过表面上所启示的之外，觉着还有不少问题存在的。

首先，我就觉到金家父女，祸害不免自招。他们到底，是乞丐家世。穷苦人家的想头、识见还不够周到。他们只以为读书人有出息些，可以半生有靠。可是，他却不晓得读书人在舞文弄墨时虽自然有出息，但读书人一做了官，就会装腔作势，忘情负恩，前后判若两人的。所以世态炎凉，其实就是心窍被利禄薰黑拿出来给别人看了吧。

而金女之棒打，从正面看好不扬眉吐气人也。但在底面，也与莫稽正是半斤之与八两，差不了许多。棒打莫稽，在事实上并没有显出自己本身的力量，因为她如果不凭借了另一大官的势力，那怕你再厉害些，一个丐女也打不到一个读书人而且是官儿的身上，棒打是一个大官的干女儿向小官儿施威风，已经不是丐头的亲女儿向官儿提控诉了。

尤其是结局告诉我们的，打也打了，骂也骂了，还得和好如初。这大团圆兜了一个圈子，使我觉到真的丐头的亲女儿，就只有被官儿丈夫推下河去，另一大官的干女儿也不由不使这小官奉若神明了，如是一个乞丐女儿就像攀着一株大树的凌霄花，马上提高了身份，扶摇直上了。

我也曾想把这戏拦腰斫断，打破妇女攀高的幻想，给它解下宿命论的锁镣，那这戏的确成了问题剧；可是，那又成了易卜生的态度，易卜生的作品了；那怕又不但不适合于今天官与民，穷与富，受与赐悬隔的世界，而且更不适于咱们的国情的。

所以这出由于以上各点与今天的妇女运动、女权问题，实在说来毫不相干的。但如果有人也能从妇女问题的本质上——官与民，穷与富，受与赐的隔拦——着想，拿莫稽、金枯、金玉奴来作为示众，这一暴露则又未尝没有深意存在吧！

谈京剧《孟丽君》

马力　剧场外人

《孟丽君》一剧在连台本戏中，是最流行的一出，全剧主线是以孟丽君女扮男装，登科拜相，与其未婚夫皇甫少华经过许多困苦艰难，后终完婚，以大团圆结束。

此剧根据弹词小说所改编，原名《华丽缘》以皇甫少华与孟丽君之姻缘故事而取名。在弹词小说中与《笔生花》《再生缘》等齐名，以其结构曲折紧凑，有引人入胜之妙，故一般妇女读说部、听弹词，尤其是看戏，都会被它迷住的。

自然，这剧还是十足的表现封建意识，登科入相，挂帅拜将等等，且恶有恶报，善有善报——刘奎璧天理难容，皇甫少华孟丽君姻缘美满。至于受难，出征，揭破，团圆等等，一切皆不脱俗套，这样看来，似不值一谈。

然而，在这戏的故事上，有两点确是可以令我们进一步去追索的：

一、女化男装登科拜相，为弹词小说中所习见，其用意实为几千年缚束于闺闱之中的妇女，抱着无限的不平，是有着反抗的线索。但在封建社会里边，作者又无法脱离时代意识的限制，故仍不能不在封建的囿围中打圈子，这样，对孟丽君只有使其借登科拜相，而为女性扬眉吐气了。在今天看，似无足多取，而这一反抗心理则不可没。

二、写皇帝爱悦丽君，千方百计，必欲纳之宫中以济于嫔妃媵嫱之列。于是争风吃醋，下流不堪，将帝王身份置之脑后，皇帝的架子全部卸下，几如街头的流氓瘪三。这一暴露，对帝王专制，可说大胆无畏，结果丽君终不可得，自己却成为小丑扮演之趣剧，也是对专制帝王之荒淫无耻，作一抗议。此在其它弹词小说，旧剧故事中，为很少见者，而实有足取之处者。

有人说《华丽缘》弹词系出女子手笔，根据这两点我也相信。

从《施公案》谈到黄天霸

马力

在京戏中黄天霸的故事，是占了很重要的一部分，从盗马、拜山、盗钩、宿店，这一系列的与窦尔敦的故事，酒店、水擒、落马湖与猴儿李佩的故事，另外有三雄结美，八蜡庙等。因此，使黄天霸的大名，也几与水浒人物之武松石秀等，在武生行里并列起来了。

可是，我们要谈黄天霸，不能不先追索一下子他所保的施公是一个怎样的人物。施公名仕纶，清汉军旗人。所谓汉军旗，是清朝入关后，汉人投降且著有功绩的，编到汉军旗满人原有八旗同等待遇，以示优异。这大约也是“大清皇朝”对这般“识时务”的“俊杰”们的恩礼有加吧。说实在了，汉军旗里人物则多半是背叛民族，难免不是“女子干边”的货色，其所以优异者，亦不过想以达到“以华制华”的政策罢了。

又记得在某一笔记（惜忘记书名）中说：施仕纶是施琅

之子，而施琅可是清初鼎鼎大名的人物。我们知道南明三朝相继倒台之后，国内恢复力量各潜地下。而在海外，郑成功台湾一局，不但延续了明政权的命脉，且把抗清力量保存不少了。这在民族史上是光耀万丈的一页，但在成功死后，台湾不久即告陷落，其主要原因，则在于施琅之投清。施原为成功部下，大约为了看见当时清朝廷站满不少的汉族新贵于是眼睛红了，一翻身便“归服”新朝，并且还带领了大兵，颠覆了台湾，使清朝不再辗转反侧，而高枕无忧。这“功”可真不小呵！

自然我们不能就说父是叛臣儿子就是坏蛋。然而在清统治之下，从他的出身上是可以断定他是怎么人物。而清初期所谓槽运，固然是管理运粮事宜，而暗中还有一个重要的任务就是侦察汉人行动。明察暗访，打报告，奏密折这类工作，大约是实，那末明亡之后，汉族恢复力量，并未中断。白莲教、大刀会都是江湖义士活动的组织。而所谓血滴子剑侠之流，虽然不是小说上武侠电影中那末神秘，但事实上他们隐藏在草泽山野，而坐寨分赃的英雄，绝不止行侠仗义而已。大约这中间还有许多民族英雄存在着。于是清廷任用了施仕纶之流，而施仕纶之流又不能不用有武无行的鹰犬之类，来进行他们“剪除”工作的。这样黄天霸之类，就不能不被重视，就不能不红极一时了。同时，一般的御用通俗小说家、戏剧家，更不能不超热闹的歌颂褒扬一番的，这就是黄天霸孺子皆知的原因吧。

再证之事实：窦尔敦、李佩之豪勇英武，绝不下于天霸。(在山东各地至今尚有尔敦故事流传，是不亚于甘凤池的）看戏看到这里，常常使人同情的不在天霸而在他，尤其是天霸等目标，暗算别人，暗算因果扩大来看，意味深长，也就可想而知。至于李家店比武黄三太也是这一套。如此说来，天霸的暗算，怕也是家传本领吧。至于三雄结义中，其穷极凶狠，更使人清楚的看见一个官家八旗之卖兄求荣，那虽不必甚么民族意识，这付嘴脸也够使人胆寒的。

Ⅲ

武则天的是非

东郭迪吉

武则天之出现于中国历史，到今天还没有公正定评。贬之者，把做皇帝比做“牝鸡司晨”，更从而涉及人身攻击，说甚么“性非和顺”“掩袖工谗”“虺蜴为心”“豺狼成性”以至于狐媚淫乱等等，真果集骂女人之大成。再加以一般妇女所加不上的辞藻，都萃于一身。而自妇女运动初倡起时，又有不少的人把她誉为妇女运动的前辈元老，许之为妇女政治革命的先锋。两者虽然相反，但出发点都是从男性中心社会的反正两种立场上立论。如果我们就她所处的时代，和她一生事迹考察，证之于妇女运动正常规律，深觉各有所偏，倒反而掩盖武则天的真实面目。

要谈这样一个旷古的妇女特殊人物，就不能不进溯到妇女的血泪的时代命运。自从母系民族社会在经济条件转变之下崩溃以后，从此男子无论在家庭中，在社会上，便掌握了整个支配权。女子不但只有被隶属的身份，而且成为男子色情发泄和子孙繁殖的工具，地位卑下。再加上三从四德种种束缚之外，男子所作的恶，所造的孽，也还要她们来负了整个责任，所以妲己褒姒便成人间祸水了。武则天之所以被人涂抹成一付不堪的丑脸，也就因她脱越了这一轨辙。她不像历史上一切的所谓“女祸”，只是畏怯的，偷偷摸摸的，依傍夫皇帝儿皇帝暗中得到政治权势，最高的也不过垂帘听政而已。她竟敢戴上皇冕，跑上御座，称孤道寡起来，这样焉能不成众矢之的呢？

实在说，武则天的反抗精神还是从她那悲惨的命运中产生出来的，她从十四岁入宫，为太宗才人——所谓才人就是妾媵的别称。太宗死后，被逼削去头发，到感业寺里为尼。这样黄卷青灯，摧残着她的青春，受着非人生活的折磨。等到高宗即位，便又从尼姑庙里提升为昭仪，并一步升迁到为皇后，以一身而受尽他们父子两代的玩弄，一刹受宠，抱到怀抱，一刹倒霉，弃敝故屣。许多现实经验，使她看穿了男女关系，造成了对男子报复的心理，更卑视着懦弱无能的高宗，发生了政治上的野心。同时，也正因为这种种生活上的残害，又使她陷入性格上的变态，因此毒辣好杀，这也并不必为她讳言的。我们毫无问题的承认她的反抗精神，然而，这还不免带着浓厚被伤害了的病象的。

正因为这样，所以她受到的攻击，也是两重的，一方她夺取唐朝的皇位，动摇了李家的政权，许多所谓“忠臣”也者，便在这一立场上肆其雌黄。同时，因为她以被轻被贱的女子，竟然破坏了男性中心社会的统治秩序，更加倍的为普天下的男子，以及甘作附庸而不知自反的妇女们，一致的把她做了总攻击的箭垛。这两方面加起来，如是她就被贬在舌底，千古而不得超脱了。当时上官仪、褚遂良辈皆为两重封建力量之代言人，而骆宾王的《为徐敬业讨武曌叫檄》更不能不说是这两大意义的代表作，也就影响了万年后世了。

平情而论，武则天自幼入宫，领受了不少的太宗的治略经验。我们说太宗之在唐代，确是一个有魄力、有治术的雄才大略之主。而真正能够成为太宗传人的，除武则天外，恐怕再也难找了。一般的说，她处事明决，留心吏治，扩充疆域，皆为以后唐代各君主之所不及。尤其是善用名臣，如娄师德、狄仁杰、宋璟、姚元崇、张东之……皆一时之选，其盛势实不亚于贞观之世，更遑论其它。而弄臣们如僧怀义、张易之、张昌宗之流，绝不允其干政。此一般贱男子昏庸帝王之无能，谁说她不是一个治世之能主呢？说到魄力，史载太宗朝，有马肥逸，无能制者，则天献策，以一铁鞭、二铁挝、三匕首，必能制服；鞭之不服，则挝其首，挝之不服，则断其喉，此果敢壮略，视卑弱无能之高宗，又若何呢？

至于则天之才略，史载："上（高宗）初苦风眩头重，目不能视，百司奏事，上（高宗）或使皇后决之。后性明敏，涉猎文史，处事皆称旨。"已可见一斑，又自作女训，足征文才过人；而召文学之士周思茂、范履冰、卫敬业会撰玄览，古今内范，青宫纪要，少阳政范，维城典训，凤楼新诫，孝子列女传，内轨要略，乐书要录等籍。其务于文事，更非不学无术仅知滥用政权之鄙野男子所可翘望的。《镜花缘》小说传其曾开女科，为史书所不载，但以则天作事精神考之，虽未曾有此事实，亦未必不作此想也。

从以上几点考察，实在说她是有治天下之才具，确非庸常女辈，所以也就无怪其甘冒不韪，取李家天下而代之了。不过，过去论者，多泯其所长，而特别夸张她的淫行秽乱。其实，如略考史书，即知其诬。则天死时，八十一岁，代唐称帝时，亦六十以上，岂有六十岁之老妪，纵淫如一般所传述者？怀义、易之、昌宗之徒，即在男性皇帝亦何尝并无弄臣嬖女，况窥则天心理，其宠幸诸人之意，未必多于对男性压迫的仇恨心理。以昌宗、易之傅朱粉、衣锦绣，直将男子对女子之玩弄态度，反其道而行之。只不过选择男子之孱头如二张者，以发泄其不平的报复罢了。如果说武则天秽乱好淫，我想并不甚于一般君主帝王。远例固不必论，即以其事迹证之，太宗高宗父子聚麀行淫于其一身。在压服女子为性欲工具的男权社会中，是太宗高宗的秽乱，还是被操持之下的则天故意陷之，此不辩自明。所以徐敬业得意之笔，亦不过诋诬而已，除此我们更见到太宗宠弟妇巢剌王元吉妃杨氏而生曹王明；后此，更有玄宗夺子妇寿王瑁妃杨玉环，而封为贵妃。李家皇帝兄弟父子淫行昭耀史简，何不彼之责，独斤斤于被动陷身之武则天呢？这还是男性中心观念的作祟罢了。

武则天的残忍，也被称为必然的，重要的唐室宗族诛戮殆尽，拥唐反女性统治之保守势力，概杀无遗，盖潜意夺取天下之野心家，对其敌对力量，事实常在，大抵如此，无武则天之治才的横恶男子，尚毒恶固执为之，武则天又何足论呢？惟于王皇后、萧淑妃至断去手足，投掷酒瓮；扼杀己女以陷王后，则有非常情所能解释者。男子视女子为淫具，无形中已培植了她妒忌争宠的非人的心理；同时，被残害压迫之敏锐女性，更往往造成了她们变态心理的扩张。其残忍除了夺取政权的手段外，更有无限的反常病理的悲痛的造因吧。

就上所论，也许有人以为故为武则天辩护，但武则天的不足取之一面，亦何尝不昭昭在人耳目。则天自徐敬业等倡乱之后，疑天下之人尽皆图己，乃用徐兴、来俊臣之徒，盛开告密，厮养无赖数百人，意欲所陷，则数处俱告之，辞状皆同。既下狱，则又滥用酷刑，更造告密罗织经一卷，网罗无辜。织成反状，其讯囚酷法，有定百脉、突地吼、死猪愁、求破家、反是实等名称。同时鲁保家请铸铜为匭，以收天下密奏。索元礼因告密召见，赏以游击将军，每推狱，必牵累至千百人以上，于是天下骚然，目为虎狼。后周兴、来俊臣虽皆伏诛，而此类酷虐黑暗之事，到底造成阴霾乌乱的恐怖时代。虽云防止抗己而设，但究非经明之政。这点，据我想企图据天下为个人囊中私物的皇帝、野心家、统治者，都有共同的凶恶的一套——恐怖面孔大约不止长在女性皇帝脸上。这又不能不说当皇帝的热中熏黑了她的心肝的。我于则天有所不取，盖不为其女子当政，实觉做了皇帝就失掉人性，则天别方面之才智，又怎能掩盖她的毒酷呢？

至其取天下也，尤不能使人无讥。则天夺唐朝天下，虽放大胆的以女子而称君握政，考其实在，仍不脱一般后妃女祸之路线。“掩袖工谗”“狐媚惑主”虽为诋诬攻讦之词，但她自太宗时学会了治术，引起了野心欲望，而所操持的武器则还不外乎色情的。从宫内之迷惑，从对高宗之取媚，而逐渐握到权势，以色情取天下，到底算不得冠冕事。这如男子之假借裙带关系，而夤缘爬高，又有何异！女皇帝的来源，固然不会是裙带拴束的，可确也是从贴身龙衣的衿缝里，从男皇帝的靴袜筒里，钻将出来的。政权到底不是胁肘里的玩意，取之不以光明正大，对政权还是浇粪的勾当，这又何能为则天掩饰呢？明朝万历年间，唐赛儿以女子兴兵造乱，后虽失败，可总比则天之潜取来的漂亮。在则天同一时代，更有睦州女子陈硕贞，号召农民及江湖之徒，举兵造反，自称文佳皇帝，攻陷睦州，震动朝野，则天对此，揽镜相照，当亦自惭形秽吧。这固然因为则天自幼即处宫闱，除皇帝、嫔妃、太监、宫女之流，难得与外派接触，虽有雄图大略，亦无可施。环境事实造成了她的道路，但以女性政权的革命衡之，可真也不能以正轨许她吧。

又有人说，武则天之握权柄，亦如一般女祸无异——引用同姓侄辈，从唐室立场测之，同样还是由妃后政权过渡到外戚政权。其实，这却未必尽然。在武则天的眼底下，李家子孙固然是一群草包，而武家侄辈又那里有个出类拔萃的货色。

李家为夺取政权的对象，对其当然未能信任；而对武家之一群如三思、承嗣、攸暨之辈，虽列土封王，皆又何尝诚心满意。立皇帝（中宗）为皇嗣，不传女而传男，仍旧遵循男性中心社会的道路，更可窥见其隐衷。故狄仁杰之“未闻侄为天子而祔姑于庙者也”之言可以趁机而入。同时，以后张东之、崔玄玮之重新拥立中宗，按以则天之才略，不能遏之于前，盖心无所属，亦漫然任之者已。武氏、李氏皆不足置论，然而，昭耀一时之女性政权，却不能不如昙花一现，倏然而灭了。这又是由武则天之未能从社会上男女中心所属的问题上理解，而失败了的。但这还是时代限制了她的。

统观则天的一生，自无疑义的是妇女反抗男性中心社会的杰出人物，但必欲加以妇女运动前辈领导、妇女政治革命先锋则也未免不类。盖不但则天之称帝，因时代与环境的局限，仍是半瓶醋而不贯底的。而且，今日之妇女运动，应在经济独立、人格独立基础之下，获到男女真正平等的实质，这样，我以为对武则天，承认其才略果敢和反抗精神，而不必存在幻想——在她身上，实在没有时代的、真正的妇女运动的完整骨肉的。

从杨贵妃看所谓“裙带社会”

东郭迪吉　郭迪

如果说武则天是在男性中心社会压迫下的叛逆者，那末杨贵妃则是在这社会中一个十足的被牺牲者了。人们利用了她，造成了所谓的“裙带”的桥梁，缘着它爬呀，爬呀，爬到鸡犬飞升。而她呢，却断送了自己——永远的被污辱与咒骂着，做了悲剧中最悲惨的人物。

她的遭遇，在唐朝天子的股掌之下，和武则天是差不多的：同样的也做了他们李家父子两代的妻妾，也当过女尼，更做过女官——也是妾媵之类。因为她柔顺，她只能安于这种际遇，不曾与武则天那样反抗，那样不顾一切指责大胆的踏上御座做起了皇帝。结果身后背上一个“尤物”“女祸”的丑名。虽受了唐玄宗无上的宠爱，还只是半后服用——二分之一的正式妻子，仅止做到一个贵妃而已。然而从她身上拖拖拉拉所连系着不少的直接或间接的“裙带”要人，都沾光的盛极一时。也可以说这许多人在当时正因为要造成这样一个

“裙带”关系，才献宝似的利用了她作为奇货可居的资本。在唐明皇，对于这样一个女子本来就当作金石古董雀鸟花卉一般的玩艺儿，谁贡献过来，谁帮闲着拂拭调理，又焉有不赏赉有加呢？至于她——男性中立社会中自然不止她——宛转随人，早已失去独立自主的力量。以后更从这中间，发生了不少的变乱，留下万古不磨的骂名。可是她有甚么办法甚么力量可以负责呢？所以在当时民间歌谣所谓“生女勿悲酸，生男勿喜欢”，“男不封侯女作妃，看女却为门上楣”等等，透过了变态的对女性捧场的艳羡心理去看，这又是对妇女一个多大的侮辱与讽刺呵！所谓以脂粉涂过的门上楣者，还是献身了自己，妆饰了家族与社会上的别人。家族与社会中许多人借她得到了荣利的权势，而她也不过是被系在鱼钩上的钓饵而已。所以虽然有人认为《长恨歌》是深得温柔敦厚之旨，其实全是讽刺，讽刺了她，更讽刺了这种“裙带”社会的。

杨贵妃入宫之前，便先做寿王瑁妃。寿王瑁为玄宗第十八子。在唐朝李氏几代，如太宗之纳其弟妇巢刺王妃而生子，高宗之以太宗才人武则天为后，在女人问题上的悖乱荒淫，盖无足怪异的。《长恨歌》上“杨家有女初长成，养在深闺人未识”之“初”字，之“人未识”，以及陈鸿《长恨歌传》的“既笄矣”，都是暗藏讽刺，而不是事实。杨贵妃于开元廿三年册为寿王妃。至天宝四年乙酉七月——就是玄宗在位的卅三年，册寿王妃韦氏，八月她便正式成了玄宗的贵妃。就年龄而论，唐制女子十五而嫁，依此从做寿王妃而到做贵妃也应该在廿六岁了，“初长成”“既笄矣”都是谎话。而虽在帝王之家，亦未有儿妇不朝乃翁之理。“人未识”者，乃别人未识而早为玄宗所赏识的隐喻吧。其初，大约玄宗有些不好意思直接接进宫去，这中间做了不少的戏。要她自以为意，她便乞为女官，待了一个时候，才正式把非秘密的秘密公开出来。陈鸿《长恨歌传》中所谓“诏高力士潜搜外宫”，就是这一个过程。世间绝无舍王妃而降低身分甘作女官之理，这分明是变相的夺取。因此，我们说她是被迫入宫。而这因“裙带”关系造成一时混乱局面，不但在玩弄女性的理论上，玄宗应负全责，即窥其事实，也未必是她自己的献身哩。况《长恨歌》一起首“汉皇重色思倾国”，虽是平常用典，但倾国二字出自汉李夫人故事，“一顾倾人城，再顾倾人国”一诗，同时《陈鸿传》中有“为汉武帝李夫人”句，及“适有道士自蜀来……自言有李少君之术”（李少君即为汉武帝致李夫人生魂之李少翁）。为甚么白陈屡引李夫人呢？因为李夫人是其兄李延年把她献于武帝的。那末，就不能不使人疑惑到杨贵妃之入宫，中间还不免有杨家兄弟姊妹与高力士勾结，而为了造就“裙带”势力，献她进宫的——这大约不会是为她辩护以厚诬别人吧。在她入宫之后，所谓“治其容，敏其词，婉娈万态，以中上意”（《长恨歌传》）这样的描绘，似乎是可以加重她的罪名的。其实男性中心社会中，男子对女子所造成的甘心被玩弄，与“为悦己者容”的虚荣心理，和不把自己当人而对男子固宠的行为，还是男子和他们的社会所要求的哩！至于说她“善巧便佞”（《长恨歌传》）虽极力诋毁，然而，试问有人把她当做玩物，有人把她当做钓饵，在这重重的包围圈中，她也只好极尽玩物钓饵之责，只能当做牺牲，拖上祭坛，还自那里逃脱？如果逃脱，又是叛逆，又是罪恶了。

因为布置下这样一个“裙带”的罗网，她做了贵妃以后，便像投下资本取得红利一样——首先追赠其父玄琰为兵部尚书，以从兄铦为殿中少监，锜为驸马都尉，三姊封为韩虢秦三夫人。而唐诗上“却嫌脂粉污颜色，淡扫蛾眉朝至尊”对承主恩的虢国夫人平明出入宫门毫无禁忌，是多末亲昵与不堪的描写，也就有说明了“裙带”连着“裙带”了。由近及远，她从祖兄钊又赐名国忠，判度支部，掌管着库藏输入支给之事。天下的财政大权，便也系在“裙带”要人的腰间。不久，国忠又拜为右相，兼文部尚书，于是公卿以下，颐指气使，朝廷官吏，莫不震慑了。这是权势一方面，三夫人及铦、锜等五侯之家，以五色为别，竞尚奢侈，富倾天下。同时国忠治财有道，粜变州县粟帛，尽输京师。朝廷相国皆富不可言而天下搜刮穷困矣，玄宗焉得不悦？便赐国忠以紫衣金鱼，其它赏赐，更无限额。在商品社会，女人是被当做人的货品的，出售出去，能博取的权势财禄已千万倍于她的身价。然而，她不幸的在她杨氏家族间还不过赔钱货变成值钱货而已。至于因搜刮敲剥之所及，便靡费了天下，困苦了人民，一家“裙带”宽了，许多家就会连裤带都紧无可紧。“裙带”是用别人的血肉汗泪涂光彩了的，杨贵妃本身早献上了她的躯体，是第一个被伤害了的，这又何忍去责备她呢。

“裙带”关系的延长，自然又不止限于杨氏本族。权门一开，狎官邪吏，都拼命奔竞，成了钻营者惟一的线索。这中间最具野心的安禄山，也不能不为了他企图的地位，走上这一途径。虽然世间所传安与贵妃颇有私情，还在可信可疑之间。但玄宗已逾中年，贵妃或亦如今日专讲大政治之徒，为了力的崇拜，而倾心胡儿，盖亦可能，也不必为她讳言的。于是禄山就以堂堂东平郡王，屈身自辱向她当儿子拜干妈妈了，她也那有不因为他的献媚，而裹以一锦绣襁褓，生日洗儿，宠爱如己所生的呢？禄山为了媚她，就会说出了“胡儿先母后父”的话。进一步从媚她而媚及玄宗，指着自己肚皮，骗着玄宗：“此中尽是赤胆忠心。”自己不用本钱，借了别家的“裙带”，增加自己的势力，胡儿到底更是可儿。

然而，大家虽然都系在一条“裙带”上面，但中间“裙带”绊了“裙带”的事，还是难免的。禄山瞧不起国忠，国忠更那能瞧得起借他杨家光的干外甥呢？于是杨安交媾，禄山起兵造反，“渔阳鼙鼓动地来”，也就只能“惊破霓裳羽衣曲”了。玄宗以“裙带”治天下，“裙带”当然系不住边将士兵的心。文天祥诗：“一朝渔阳动鼙鼓，大河以北无坚城。”确是自然之理。于是禄山做了皇帝，干爸爸自然丢在脑后，而干妈又何尝抵过皇位呢？这样，她又是给禄山做了一条钻营造势力的轻便桥梁，不但再被牺牲了一次，而且还要仓皇奔走，西幸逃难。李太白歌：“天津流水波赤血，白首相撑如乱麻。”她一而再的受着别人的利用，同时天下人民也遭受了不堪的糜烂了。等到她被牺牲到无可牺牲之时，被利用到不能再利用之日，陈元礼这一不懂得“裙带”势力还是由于男权社会的莽将军一开口，马嵬坡下那一幕悲惨场面，她就只能被强迫着一条白绫断送了生命。而玄宗呢？安然西幸，似乎去掉了不少的累赘，哪还顾得她啦！唐诗“如何四纪为天子，不及卢家有莫愁”。男权社会女子就是这样的下场，而况她不过玄宗一个玩具而已。虽然说“天长地久有时尽，此恨绵绵无绝期”，但玄宗却能重返长安，即使皇帝当不成了，被儿子由兴庆宫赶到南内，还仍不失为太上皇的。所以说男子赚便宜女人吃亏，这还不是社会命运制定了她的吗？至于她被利用了一生，被牺牲了一生，死后“裙带”之局，照理说可以终止。然而，因为要平定安禄山，所以就成全了一批中兴功臣。中兴功臣力有不逮，于是只好请外族帮忙——那功业赫赫的郭子仪就是靠了回纥兵的力量。回纥兵来到中国，朝廷自然土地财货，供奉惟恐不及，连老百姓在不堪抢掠中也只好请率罗锦万匹，以赂回纥。到了供无可供，又不能不以帝女宁国公主下嫁回纥王葛勒——不但还是从杨氏一家“裙带”里发展出来的，而且又牺牲了一个女子，而建立起中国与外民族的“裙带”关系了。虽然肃宗成功，郭子仪等中兴功臣成功，回纥更成功，而被利用的又不只杨贵妃，再加上了一个怀宁公主了。

可是，杨贵妃虽然成了千古被利用被牺牲的人物，但唐宫艳迹、白头宫女固然借作低徊回忆的资料，同时传至后世。这一悲剧更造就不少的文学上的名著——白居易的《长恨歌》与陈鸿《长恨歌传》开其始，白仁甫借白歌中之“秋雨梧桐叶落时”而作《秋夜梧桐雨》，洪昇作《长生殿》，小说则有《杨太真外传》，诗歌更不知多多少少，甚之于昆曲京戏中还有《贵妃醉酒》，这些都难说不是杨贵妃的馀泽所播呢！可是，在这些名作中间，不是哀惋慨叹，便是谴责毒辱，又有谁能离开了传统的男女关系的认识，而发掘出“裙带”的来源、艳迹的祸端的？杨贵妃尽管万古不移作了文学上的妇女典型人物，但她死后千百年还压在男性中心社会的石碣底下永不得翻身，这才更是悲剧哩！

在这里我们不能不附带着谈一谈杨贵妃死的疑案了。有很多的传闻，以为她并没曾死在马嵬坡下，甚之，还有人根据“忽闻海上有仙山”一语，而说她东渡瀛洲，还有人以为禄山乱后流落民间的。这也许因对一代艳女的悲剧结束，发生惋惜，故有这些虚构。可是白陈歌传中陈蛛丝马迹又不能不令人有所怀疑；歌中“临邛道士鸿都客”以下，事皆飘渺无着，尤以“上穷碧落下黄泉，两处茫茫皆不见”，不在天上，不在地下，盖有暗示仍在人间之意。而“君王掩面救不得”与传中之“(上）反袂掩面，使牵之而去”固明明道出玄宗未曾亲见其死；“不见玉颜空死处”，死处已空，又那里曾死呢？这些，固然我们文人笔下不妨虚构浪漫神奇的故事，以驰骋其才华，但都似漏洞。而《白陈歌传》作于元和元年十二月距肃宗即位灵武仅五十年零八月，时间非遥，未必不有所知，而碍于明言假托虚幻以出之。陈传结末，有“世界不闻者，予非开元遗民，不得知。世所知者，有玄宗本纪在”，其“不闻”与“不得知”究何所指，这又那能不使人以为有所知故作不知，而不能轻于泄露者。此事，我想也许就杨贵妃的死的谜吧。杨贵妃无论死于马嵬坡，还是在兵荒马乱中，流离他处，在她的悲剧上，命运是不会有甚么改变的。即使她能以脱离“裙带”社会被利用与被牺牲的包围，而在男性中心社会底下，还有她这样的女子的幸福存在吗？至于，如果存在人间，而不能返回故宫，这更怕有别的隐痛，或别的牢笼缚束着她呢！

陈鸿在《长恨歌传》中，综括大意，提出作者主旨，说是为了“惩尤物，窒乱阶”，以女人称作尤物，否定了女人人格。而社会制度不变革，乱阶是不是贬一弱女子所能窒住的，这传统的观念，更是压死了她而使她无可伸诉了。总杨贵妃一生被这社会驱使着调弄着，“裙带”直接或间接的带起无数的人，同时却用这“裙带”缢死了自己，并束缚了千百年的尸体。温顺服贴，无力抗拒，无法逃脱，生前死后，都是不堪的遭遇。这，又比武则天值得同情的多了。

“三八妇女节”的第一个提出者——蔡特金

陈茵

纪念三八妇女节，应该不忘这位第一个提出这一节日的人——蔡特金。

在我们中国，跟随世界其他各国公开承认这一节日，已不自今日始了。可是，在今日许多官家的新式诰封宜人、御封夫人之流的，也在应景的开开会，聚聚餐，煞有介事的热闹一天。但她们在她们的依靠者——丈夫官儿或者保护人，都似乎有些数典忘祖，把这节日的来源和提出的人物没曾深深追究一下。因为今天孙中山先生三大政策中的联俄联共，不但成为某种人物的忌讳，且假造甚么东北问题，来排外边的“俄”，国内的“共”。就没有仔细想一想三八节的提出人，不但是“共”，而且还就埋葬在俄国列宁墓的背后，这真难免是“拿着对头当祖宗”，使旁观者啼笑皆非了。然而，就真正的妇女运动史上看，蔡特金这一伟大的人物，不管你怎样歪曲三八妇女节，她——她的真实，是谁都遮漫不过去的。

蔡特金，她是被称为社会主义的祖母。她在一八五七年，生于德国，虽然是后来希特勒的法西斯主义那片土地上生长的，但她和我们中国许多妇女运动者一样，早在希特勒还没有出现以前，就是一个时代的反抗者。那时，德国的资本主义已经成熟，帝国主义也渐渐萌芽，许多社会主义的党派也继续的产生，任你如何的压迫都压迫不下的时候，她，从许多次社会运动当中慢慢地成为一个有力的领导人。我们该不会忘记德国史上曾有一个号称铁血宰相的俾斯麦吧，他虽然不及今天的法西斯的暴徒们来的更凶恶些，可也是一个压迫人民的好手。这家伙的头脑里从没有一时一刻忘却过蔡特金和当时的革命者。也许因为那时特种猎狗的嗅觉和牙齿，还没有进化到今天这般敏锐，更许是那时还没有手榴弹和集中营，她便侥幸的脱离反革命者罗网。但她却不能不和她的丈夫，也是她的同志，——一个沙皇虐政下的俄国亡命者，东西奔走，辗转流亡。后来她丈夫患了重病，在困苦生活中，使她更加深地了解到被压迫的痛苦，愈是积极献身给社会运动了。

不久，她的丈夫因革命劳顿，终于死去了。适逢着德国取消了“社会主义镇压法”，那时，统治者发空头支票还不如今日之甚，嘴巴上的诺言多少必须还实现，因此她就得以安然的返回故国。她知道革命必须从大众的实际的指导中着手，就主编了一种妇女杂志，叫做“平等”的，做了妇女运动的行动与理论的指导刊物。尤其劳动妇女，几乎没有人不把这杂志视为生活的宝典。

一九一〇年国际社会主义妇女大会，在丹麦京城哥本哈根开会。她在会上大声疾呼地提出劳动妇女的被迫害，号召全世界妇女团结起来，对资本主义社会抗争，并具体的提出根据一九〇九年三月八日，美国各都市妇女为了男女不平等的待遇，全国举行盛大示威的日子，也就是国际性妇女运动最初的一日，作为国际妇女节。在大会上得到每一个妇女代表热烈的拥护，因此，这节日，便在这反对压迫，团结斗争的意义之下，成为了历史上不能磨盖的一天。在当时还通过了妇女节的纲领：主要的内容是在求妇女地位的改善。选举权、参政权的获得，也都是在她领导之下而产生的。在今天我们中国妇女，选举权、参政权还只限于少数人，一般妇女那里有这种高贵的权利。而所谓地位，除掉被枪杀遭手榴弹有与男子有同等的享受外，其它一切都谈不到。那我们谈到这位的领袖，就不能不觉到我们的生活，就在一个世纪之前，在她倡议三八节的时代哩。

直到一九一七年俄国大革命之后，她成为一个有名的苏联之友。她以她那雄壮的呼声，向全世界提出真实与正义，对那些无知的、鄙劣的、阴险的、造谣的各种的反苏者，作了无情的抨击。后来，她一度参加国会，不但是德国妇女在政治上取得优越地位的明例，且是德国共产党议员的开端。

一九二〇年她到了苏联，受到了苏联广大人民的拥护，一直住苏联，直到一九三三年六月底才死在莫斯科。在她临死的那年，仍不放弃斗争，参加了国际反战大会。她曾愤慨的说道：“反对战争，就是反对帝国主义。”我想如果她活在今天，眼看着她寄居的国土，有了迈进的成功，并且打倒了东西法西斯，当会放出慈祥的笑容的。而对于第二次世界大战之后，在毗邻的边境，有人正在作着反苏阴谋，企图制造第三次世界大战，她更当在这一节日，而着戟指痛斥的。

她不但是妇女中的人民斗争实际领导者，而且是一个著名的革命理论家、著作家。她著过《论卢森堡对俄国革命的态度》《艺术与无产阶级》《女工和当代妇女问题》《卡尔·马克思及其生平》《回忆列宁》等伟大的作品。

她死后已经十年了，在这中间世界革命运动、妇女运动都是有长足的进展。今年纪念三八节，将更普遍全世界每个角落，她的名字将更得铭在每一人的心中。可是，她地下有知，对那些离开斗争或者反人民反妇女运动的，把这天视为照例仪式，甚之借作欺人骗人的宣传，也靦颜无耻的来作纪念，定认为是污辱了这节日，污辱了她！

一九四六年·妇女节

秋雨秋风忆秋瑾

陈茵

距今三十八年前，（清光绪三十三年）六月初五，是鉴湖女侠秋瑾女士殉国的祭日。虽然时过境迁，她已成了历史上的人物，但当着四周阴霾，天日无光，鬼影猖狂，暗犬噬人的时候，忆起她那“秋风秋雨愁煞人”的绝命词，又怎能不低徊着暴力常常是万古如斯，而在每一个时代变革中，妇女健者总有人作着中流砥柱的。

血没有白流的，妇女运动是依循着社会革命的轨辙前进，同时妇女运动也就是社会运动的主要的一环。谁妄想着把妇女愚弄到家庭里，温暖的窝巢里，永远成为温室里的娇花嫩草，那便是阻挠社会的发展，而且也是绝不可能的。固然每一个时代社会变革的性质并不完全相同，推翻专制与摧毁暴力统治却是没有甚么两样。秋瑾所追求的与当时的革命，不单是狭隘的民族观念。因为清朝皇帝——也就是专制统治者，她虽然昂壮地在他们的鹰犬手中牺牲了，而她那血迹从西湖秋坟永不枯竭地，一直灌溉到甚么池，甚么海，国土的边壤。继起者，自有人在。妇女运动的前途总是和社会运动一样，光芒万丈的。

秋瑾女士并不是一个天生的叛逆。虽然清朝专制者也曾和对孙中山先生那般的把“国贼”二字改成“女贼”加在她的头上。但我们考察她的出身，知道她是生长在诗礼相传的家庭。她的父亲寿南先生还在福建某县做过知县，后来出嫁湖南富绅的儿子王廷钧，可以说她前半生的生活是在“闺秀小姐”“大家少奶奶”的圈子里。然而，她有正义感，她看不下当局腐败淫靡高压狂暴，以及外国势力使中国殖民地化的清朝专制政治，因此，便献身革命。她有一儿一女，但却不愿孵卵育雏终其一生，她知道在专制暴力下，没有苟全性命于乱世的可能，并且眼看见别人的子女被残害被戕杀。把爱推广起来，革命就是仁者的理想。从她身上，我们便知道，只要有血性，有良心，不管男女，谁都有压抑不下去的一天的。

其初，她也曾随着她丈夫去过北京，而那时的北京也是黑暗的都城，给她刺激更深，给她悲愤更多。因为知道当时的日本是革命者的渊薮，便毅然东渡，得晤中山先生，加入同盟会。但是她知道妇女在革命运动中，是不可忽略的力量，便又同女友们，组织了共爱会。她被推为会长。渐渐地惹起了清廷的暗探（也就是现在所谓特务）的注意，搜查了她的寓所。那时日本是在明治立宪之后，到底还注重法治，没有证据，便没曾加以逮捕，没曾让她无端失踪，然而这已经引起了她更大的悲愤。适认识了徐锡麟、陈伯平就决计和他们一同返国，进一步的踏向革命运动大道。

她回国以后，就和朱瑞、周凤岐等人组织了光复会，更和赵伯先（声）通着声气，她自己在上海虹口厚德里设立同盟会的通讯机关，秘密与大江南北革命人物联络。当时，她没曾无故遭受了谁的手榴弹，却因为自己与陈墨峰制造炸弹，不慎爆发。但如此案件结果也不过判决了“逐出租界”而已。这，大约后之视昔，暴力者是在百尺高竿达到极峰，那时还有少许人性的缘故罢。

这时，徐锡麟已在安徽，知其难于久留沪上，便介绍她到绍兴主持大通体育会，同时又担任了明达女学校长，但仍来往在江浙各地，组织光复军。她不但是一个革命的组织者，同时也是一个妇女军事家，她决定起义的计划，用“光复汉族　大振国权”八字，分为八军，统名“光复军”。每军设大将副将各一，行军正副参谋各一，以下为中军、左军、右军、中佐尉、左佐尉、右佐尉。制定军服，一律黑色，对襟外衣，白布包头，头悬识别带，分黄白红蓝各级。兵士胸前以白月中书军号，肩章白色圆形，分中左右及号数。军旗白底中书黑色汉字，顺旗黄底中书黑色“复汉”二字。刊定各种汉篆印信，并以“黄河溯源浙江潮，卫我中华汉族豪，莫使满族留片甲，轩辕神胄是天骄”二十八字制成戒指，分给各首领，以作暗记。这些布置都是她和徐锡麟两人计划的，因此，徐担任了光复军首领，她担任了协领，从这些布置上，我们不但看到她的热情、果敢，而且很细密的是一革命的运筹者、领导者，那真正如她自己诗上说的“漫云女子不英雄”了。像这种才具，恐怕在过去中国史上所难以找得出的。

布置既妥，首先准备在安庆起义，不久，便爆发了徐锡麟刺安徽巡抚恩铭一案，徐被逮，终于做了殉国的烈士。她知道时机不能再延，便毅然的决定了杀绍兴知府，占领绍兴，进取杭州的计划。但计划还只是计划，并没有见诸行动，谁知风声泄露，被清朝专制者的一个小走狗胡道南告密，就大兵包围了大通学堂，女士慷慨激昂，义不逃避，并率学生开枪拒敌，死清兵十馀人，伤二十馀人，学生死二人，她终以寡不敌众，遂与程毅等六人同时被捕。在中国历史上驻军包围学府，如临大敌，这怕是第一次的纪元。然而，那还是公开对立的反抗清廷专制者，且校内确有武装准备，不是徒手空拳，更不仅只是学术的讲演、民意的表现而已。

在她被捕之后，专制者的爪牙，山阴知县，又是一个姓李的，名叫李宗甚么。（大约是李宗岳罢，待考。）扯下了凶恶的阴谋的面具，公开的施用出软的欺骗，硬的恫吓，迫使她跪火砖火链，各种惨无人道的酷刑。然而，她咬紧了牙龈，甚么口供都没有，可惜那时还不会伪造事实，谎报罪案，制造活剧，所以她就只以“秋雨秋风愁煞人”七字为供状，据我想不是悲叹自己的命运，也不是伤悼革命运动的失败，——因为她既献身革命早就生死置之度外，而革命前途之必然的成功，也可以预见的——那她的浩叹，应该是对于专制力量的惨无人道暗无天日的悲愁罢了。

她字璿卿，别号鉴湖女侠，浙江山阴人。长于文艺，诗作甚多，初期作品多柔婉旖丽。既后参加革命运动，由于生活的反映，一反故态，变为慷慨激昂之什，而《宝刀歌》《宝剑歌》《红毛刀歌》，都是雄壮热烈，气盖万夫。言为心声，她是把她的诗作与行动密切的统一起来，完成了她整个崇高的人格的。又长于言词，极能讲演鼓动。在日本时，在上海浙江时，如有集会，常登台畅抒自己主张，每使座间惊叹首肯，拍掌声随之涌起。可见她的语言是在激动了无数的人，是在多数人心底插住了根。可是，最使人痛心的还在于一边是掌声，一边是枪弹屠杀，是非摆在当前，她又焉得不死呢？

她是一个政治革命者、社会革命者，但我们还不能忽略了她对于婚姻问题的苦痛。对于封建官僚的大家庭的制度的不满，她能毅然挣脱而出，也就是以她那革命精神注于各方面的。婚姻不自由常常成了女子的铐镣，封建大家庭常常是妇女的绊马索。妇女要求解放，要求自由，要求与男子一样参加社会改革运动，还得先斫断这些缚束，看秋瑾女士，我以为不能放松这一点的。

她殉国之后，她结拜的异姓姊妹、廉南湖夫人吴芝瑛女士、吕碧城女士和她的女友徐寄尘，把她的骸骨收殓起来，埋葬在西湖西泠桥畔，当时几兴大狱。在全国鼎沸暴力噬人之日，许多冷冰冰的号称男子的，还都闻着血腥战抖，听着枪声乱窜，她们为正义所激，奋不自顾，这又不仅是古道热肠足以感人了。

还得加重的重复一句:“血是没有白流的。”秋瑾女士的躯体虽为专制暴力所杀，她的精神却永远不死的。而且在那一个时代的暴力者，也终于在她死后不数年内倒下了身子，整个的崩溃了。她纵然没曾亲眼看见，但在九泉之下也会含着眼泪而高笑的。

有暴力存在一天，总难免于流血，妇女的健者们，踏着秋瑾女士和她以后的一切的血迹，前进呵，别怕!

IV

“论中国传统的民主精神”试答

东郭迪吉

听说今年暑假中，某大学新生考试作文题目，是“论中国传统的民主精神”。笔者愧无缘福，亲提考篮，走到学府之内，向大主考领一份考卷，来畅论一番，以替中国民主找出了爸爸妈妈，而博得自己一个学士的前程，深以为是抱恨终天的事。但对于这个耐人深思的文题，亏了主考想得出，就不能不感到趣味横生，有不能自已者，于是信笔直书，权充一个额外考生，答他一份义务考卷。我想虽不至名列前茅，也许不会榜上无名，名落孙山吧。

中国学者讲求学问，贯古今中外，上下五千年，环球七万里，东拉西扯，和堪舆先生之相阴宅一般，总要给他找出个来龙去脉的；尤其是一讲到外国，必然是我们也有，来作回答。西洋人发明飞机，他就说《镜花缘》——唐朝不已经有了飞车了吗？一讲到现代，他们必然是古代也有，来作回答。如今共和制度周朝不是已经有周召共和了吗？是否附会，是否牵强。考生学问浅薄，暂且不提。单讲“民主”这个字眼，现代算最时髦的了，无论其为真民主或假民主，冒牌民主官家民主，总之，民主，民主，洋流乎盈耳哉矣。然而就考生陋见，今天之所谓“民主”，不但要给中国历史上认这样一个传统的螟蛉义子是不大容易，就是与过去西洋舶来品的“德谟克拉西”先生，也实在是阳货似孔子——面孔虽同，当子里还有些分别哩。就考生愚见，过去西洋之民治主义，主要内容在于“人权”，所以文艺复兴，是人的发现，人的醒觉，过去法国大革命是争“人权”运动。今天的民主呢？是重在一个“民”字。“人”与“民”之范畴有广狭之不同，说通俗点，“民”是指小民百姓，山野小民而言，“人”则在他们之外，还包括另外一些并非绝对畜生的在内，所以这“主”这“权”就有点不同了。至于中国古代的传统，一部政治史是皇帝的流水账——这里没有小民的份儿，同时官家拼命放火，小民不许点灯是写实的名言，很好的证例。想像考证家似的开垦挖土块来找传统，真会使郭沫若发愁、罗振玉叹气的。不过这还是泛论，未涉及本题。大主考既然想得到，我们考生就得就题论题，免致放开野马，有跑出范围之嫌的。

且说本考生得到了这一份题纸，幸亏了身边尚有夹带——一本历史教本藏在口袋里，不怕扣考。偷偷摸摸的翻将下来：盘古、伏羲、神农、黄帝，连司马迁都以不经之谈，为大人先生之所不道的。这里是大约没有“民主”精神的传统吧。尧舜之世为儒家所赞美，号称“郅治之世”。这中间是不是有小民百姓作主的份儿，典籍不载未敢乱抄。再往下找，汤武号称贵族革命，自然未曾民主。汉高祖这位流氓皇帝，小学历史教科书上便大书特书曰平民革命，大约会有点民主精神的味儿，可是当他稳坐金銮殿上，只听见他摆架子，讲甚么汉官仪，却没听见小民百姓的笑声。再往下翻，唐宗、明祖以至于外国主子之大元皇帝大清皇帝，种种时代都翻遍了，碰他妈的活鬼！历史曾来那里有民主过，怎末能够找出他的传统精神呢？

把夹带往口袋一放，只好冥想一会儿。小说上、传说上、《山海经》《西游记》、五经、四书……想，想，到处都搜求到了，还是没准。有人说：太平天国是民主精神，自然我不敢菲薄太平天国革命。除民族精神之外，已表现了不少的代表人民利益的地方。可是他们一样还包含不少封建的气味，自然也说不到现代的民主精神。又有人说陈涉吴广那“伙颐”的一群，推翻暴秦统治，颇具民主精神的粗野之气。然而那是原始的农民运动，别闹错了题目。再看经书：《孟子》上“民为贵，社稷次之，君为轻”。“民”是重了，“主”呢？而且这也不过是一句空话而已。《礼记》上：“人道之行也，天下为公……”别抄了，横竖离“民主”还远载遥遥，另找思路。再想，勉勉强强想到《水浒传》了，一百零八条好汉，有事聚议厅讨论，大块分肉，大把分金，视官僚政治如蛇蝎，视封建势力如寇仇，真是“各尽其能，各取所需”的平等社会。但那又不过是空想的民主政治形式，和柏拉图的理想国差不多的，也不能与现代“民主”政治一体看待。……找来找去，真是“上天入地求之遍”，那里去找中国的传统精神啊，我的天啊！我的大主考啊。

好了，忽然灵机一动，有了！真是踏破铁鞋无觅处，得来全不费工夫，蓦地理想到了一个宝贝，那才真是这个题目的最好答案哩！我想起曾有一种“高论”，以为中国几多年以前早就实行民主制度了，虽然有皇帝也和今天大英帝国差不多，而大权全在宰相。宰相就等于今日的内阁总理，（可惜手头无妙文保存，未能原原本本直接不漏却是憾事！）还不等于今天民主国所行制度一样，呜呼，在于斯矣！在于斯矣！

中国传统的民主精神，终究算被我找到了根苗，于是乎交卷。不过当我拿着这卷子走到大主考的座，自己也忍不住抚着胸脯要笑出来，嘻嘻，哈哈，亏你会牵强附合！亏你大主考出题目会诌掉下巴啊！

妙文共赏抄

迪吉

偶尔在包花生米的纸头中，捡得了一篇妙文，是学校里边的习作。可是那一学校，改卷先生何人，篇中未留痕迹，但事出此时此地，盖可断言者。现在除将作文学生姓名，姑予隐讳外，馀皆未动，外附眉批整批，一字不漏，以示全貌，庶妙文有目共赏，佳作不致埋没，介绍如下：

拟约友人参观本校音乐会书

第一班生×××

莲塘已寂，桐井不荫，赤帝卸肩，白君接任。天高气爽，地迩风清，盖为秋山寂黄，秋水静碧时也，宵月圆天上，秋半人间。丹桂飘香，银河流影，本校趁光明之良宵，开音乐之盛会，金樽檀板，聊助诗思，铁笛铜箫，藉发天籁，足下富音乐之天才，抱同乐之大志，闻清美之音。击节以舞，见幽新之景。应弦而歌，思召月而为伴，群听大吕之音，欲坐花以传樽。同谱钧天之乐，良辰难再，盛会不常。

全篇除“群听大吕之音”原作为“群飞玉版之笺”，“同谱钧天之乐”原作为“重行金谷之令”，“盛会不常”原作为“美景不常”，馀皆未经改文先生改削，可见学生得志，先生称赏了。题上有“优等”两字，“最优等”如何，惜未之见。自“本校趁光明之良宵”以后，有眉批：“好语如珠铿锵可诵”，足见先生改文至此，其摇头晃脑，拍案叫绝之姿态。又批“骈散兼行，甚合此题性质。而遣词逐句，尤多流丽优美”可知名师所教有效，学生受业成功。猗叹盛哉，文风抬头，真可深为荣幸的了。

介绍已罢，不妨让抄者也附加上几句话：“莲塘已寂……”等，堆砌杂凑不知兴题何干?“金樽檀板”不知该校音乐会中是否一面大摆讌宴，一面曼奏清歌?抄者未曾亲逢斯盛，未能妄揣场面如何，但按之一般音乐会中，似无此例。至于所谓“大吕之音”“钧之乐”，无论其音乐会中为国乐或西乐，但“大吕”“钧天”之古音，未必复见于今日乐坛。这又不只夸张过份，且是牵强，若依抄者批后加批，则学生固然未学，而先生更是不勤。

关于在诵体文久已畅行之今日，居然还有此类陈腐文章，见于当前之学校，虽取法于上，以为直追魏晋小品，沾沾自喜。然而与时代何关，与潮流背驰，以肉麻当有趣，充其量也不过造就一些臭名士、遗少之徒。则此等国文教育的成果，真是把青年送往幽暗的十八层地狱之下，使其头脑冷固，思想冻结，在文化上更是大开倒车，极麻醉之能事。这样，学子何罪，教育何辜，不禁使人三叹了。

自然学生无足深责，且实可悯，然而学生有他的老师，文章有他的根源，如此师资，如此臭文，还能居然存在于今日之学校，扩而大之，这又是甚么来历呢？抄者对此懔然而惧，故不敢以玩笑出之，介绍读者，不过质此一例，聊以示众而已。

旧话新提谈周作人

孟超

自从重庆全国文协提出调查检举文化汉奸的号召之后，我想谁都会首先想到所谓“知者”的周作人的。

记得在抗战之前，他早已摘去了五四时代光荣的桂冠，逐渐地打着倒退，倒向违背时代的反动的道路。他以悠闲的障眼法来迷惑国人，暗暗的隐藏着抛弃名节、叛离民族的第一步的引线。谁也不能忘记他在“五十自寿”的打油诗上，“前世出家今在家，不将袍子换袈裟”。脱下中国旧式长袍，虽然没穿上老和尚的偏衫，但日本和服一披就没有那末超脱出尘了。那一个明眼人早就看出他的行径，而“知者”之“知”，却不能在大义所关中把握住自己，“知”大约也只是骗人的魔术毡子而已。所以以后之为敌人作侵略文化的领导人，之觍颜无耻做敌人提线下的北大校长，都是必然的。

在他留居北平不肯南来之时，南方文化界人士都对他有真挚的关切——郭沫若先生对他曾有所寄怀，胡适之先生更以

“藏晖先生昨夜作一梦”的八行诗，用“重与轻”的比较，希望他“飘萧一杖天南行”。然而他却以“并不是出家特地忙”“出门托钵募化些米面”和“因为庵里住的好些老小”等托词，诡谲的说“我还只能关门敲木鱼念经”，把“可惜我行脚却不能做到”来作为对善意的回答。可是事实推翻了他的强辩，以后愈加江河日下，丑恶百出。听说西南联大还寄款去邀他前来昆明，而他，钱则笑纳，人却不来，并加以无耻的嘲笑。后来他一面就敌人的教育总监，一面还宣言说甚么“只知办教育，不知其他”。骗人到了难以自圆其说的程度，更是卑鄙不足道了。他暂以“啮雪北海上”的苏武自况，叫南中莫把他当成了“纳首北廷”的李陵。李陵曾来没想到苦节，而周作人到底也成不了苏武。他不南行，却肯东渡，出席了敌人招集的“东亚文化委员会议”。此后再也听不到他哓哓辩解，自作掩护。大约蒲团上坐不宁贴，热中的坐禅走了火，老僧终于不是老僧，而真面目显出是天皇脚下的文化新贵了。

“树倒猢狲散”现在日本法西斯已经垮台。那我们对他的行踪，倒不能不特别怀念。这里虽用不着寄“暮春二月，江南草长”的幽思，可是我想北平八道湾周总监的私邸里，那“静静”的“老僧”，怕也不曾再有“玩古董”“种胡麻”以及“窗下画蛇”的安定的心情。“温暖的爱”浇上半瓢冷水，“理性”稳不住颓败的恐惧，“寒斋”里的“苦茶”变成了苦水，一口一口的使劲的吞着，顾不得“街头终日听谈鬼”，而只能怨恨“鬼子”不中气，连累着自己也都失掉了前途吧。

有人说：周作人到底是文人，不比陈公博周佛海等政治汉奸罪恶之甚。且庾子山由梁入周，屡任要职；辛幼安寄学于金朝文人蔡松年门下，皆不曾为儒林所摒弃，至今文来风流，犹传千古。周文学有其成就，自可罪从末减。我们且不必说小园诸赋，抑郁之感，见诸词藻，非同于周之一味欺骗掩饰；稼轩之词，悲壮激昂，且聚兵山东，力图恢复，周视之，自应愧死，何能比并。而当时情势，与今亦有不同，法西斯之侵略，因由于政治军事，而消灭人类文化，以图遂其独裁统治之野心，更为彰彰之事。周乃其文化主脑，揆之情理，罪恶虽未必超过陈周之徒，但为敌作伥，此固不下于彼等，谁谓能因其为文人，而可曲原呢？

朋友们在谈笑中，以为既有文化汉奸之调查检举，当进一步组织文化法庭以审处彼等；此固打趣话，然果真有那末回事，则设身为周着想，能悠闲候审老脸以对文化界人士乎？抑仍托词掩饰到底呢？贝当老贼，借睡梦以唐塞供状，周将如何，则我无从预测了。至于某些人，也许还想替他作义务律师，明里暗里以文以行，为之辩护。可是如何撰词，还能造出更新的文字花样与否，这我想他们更不能不使劲的转转脑筋的吧！

悲多汶的启示

朱伦

在艺术家的佳话中，相传有这样一个故事：

有一天，悲多汶与哥德出外闲游，途遇一群贵族爵爷仪容甚盛，对面而来。哥德恭而且敬，忙立道旁，为之俯首敬礼。而那些贵族爵爷们，却趾高气扬，皇皇然略作回答。悲多汶则不然，对此辈则视若常人，岸然而过，向之点头，微作招呼。那些贵族爵爷，却反而躬身侧立，等候悲多汶走过，并互相轻声的说道："这是悲多汶呵！"贵族爵爷们过后，悲多汶就向哥德问道："你对他们为甚样这末自卑？"哥德答道："他们是有身份的人呵！"悲多汶笑道："我们艺术家，更有我们的身份呵！"

我不想从这件事上，来判断悲多汶与哥德谁对谁不对，谁优谁劣。因为同是一代哲人，其对人处世，虽各有一个态度，但都无伤于他们伟大处。不过"我们是艺术家，更有我们的身份！"这句话倒给我以不少的启示。

艺术家在人类文化史上，他们是精神的领导者，他们是美与爱的创造者，他们以智慧来建筑了美丽灿烂的宝塔。他们的光辉，永远是不朽的。像歌德、悲多汶都是有他们的身份，当然不是世俗之所谓身份。如果用算盘来衡量起来，在身份上，这两者，高低上下之分，大约谁都可以晓得的。而世俗之所谓有身份的人，也无非一些被黄金钞票囤没了全身的家伙，好大喜功杀人如麻的刽子手，执着棍握着枪杆的统治者，或者，借父兄馀荫，裙带力量，博得一官半爵的流荡子弟，行尸走肉，位居馀气的腐烂货色……以他们与艺术家教，高洁与污浊之间，就可见究竟谁可敬谁不值得敬了。

但艺术家常常受制于这般东西，重视物质的市场，以权钱左右着艺术家的作品。贵族爵爷有权势的，更把精神劳动者，看做蛇蝎猛兽，轻则封其口，禁其作业，甚则下之囹囹，戮其生命。千古艺人，不乏斯例，执笔至此，能不为之痛哭者。

世俗之见，对于身份二字，常常是戴着近视眼镜看的。只看见金钱，只看见势力，跟着他们的爱好来转移艺术观点，倒把伟大的真正有身份的人忽视了。这其实是身份问题建立在金钱与势力上面，那所谓身份也者，就可想而知了。

可是伟大的艺术家的身份的存在，不只在声誉上的博取，他是有拒抗金钱与势力的精神。所以刀锯鼎镬在前不无所动，不为所移。反映在艺术品上，也在战斗的具体的表现。那些雕虫小技的匠人，不能成为艺术家，帮闲的幸臣宠奴，更是得不到这种尊称的。悲多汶之所谓地位，就在这里。

“我们艺术家，更有我们的身份。”悲多汶之言，足发人深省。因此我就希望物质社会中人，别只看见那些金钱势力中的贵族爵爷的身份，还要另外的看一看那些真正有身份的人啊！

妇女“复员”！

东郭迪吉

战争结束，需要复员，我们的盟邦都在进行复员工作，难道我们独不吗？于是“复员”！这几天报纸上已经不断的看到银行复员、工商业复员、教育复员……种种消息，大约不久妇女“复员”的问题就会被提出了。自然并不是她们不甘落伍，但有人需要她们“复员”，她们就得“复员”。

复员两字的“员”字，是否可作“原”字解，因为我不懂训诂学，不能作确切回答。同时，复员未必果真等于遣散，也是事实俱在。不过，战后的复员是以战时动员而来，是要带着抗战胜利的新精神回复到战前原来地位或岗位，从事新的建设工作，大约是不易之论。那末我们就要先探询一下抗战中间妇女情形和战前妇女的地位如何，妇女的岗位又在那里。

有人说：抗战中并没有谁去把妇女动员起来，（自然何止妇女）如今这“员”怎样复呢？对，可是我不同意。

固然有不少的新式木兰，慷慨从戎，为国忘家，还许笔酣墨饱的写出本把“新女兵日记”，付梓流行，以资点缀的，但并非多数。其它，如农村里的农妇、工场里的女工，她们从来就没离开岗位，且地位卑下，动员复员一概与她们无关，应打在不论不议之列。单就一般而言，动员了，绝对动了！

上层妇女、少奶小姐不曾动员，那里会从前方的大都市挪到后方呢？她们坐着飞机，乘着火车轮船，带着她们的先生、爱人、马桶，或者男伴、洋狗，“抢快”地在敌人没来以前，就动员起来，走！也许用不到脱掉高跟皮鞋，洗掉口红脂粉，换下花花绿绿丝织品的奇装异服。就空间言，由那些大都市转到这些小都市，一样的还是加紧了她们的活动——舞场赌窟，比较少些，但麻雀扑克，却可随身自备。况有盟邦与国万里长征的青年将军，他们正感到孤单寂寞，一方面是进行了妇女国民外交，另一方面尽透了开化后方的职责，有裨抗战，盍可胜言！

其次，许多的市民妇女，也被动员了，她们却大大的不同。一纸紧急疏散令下的拖儿领女，背负行李，挤火车，抢汽车，鬼哭神嚎，到处乞援，一概无效，还得走。走，连滚带爬，行李丢光，儿女失散，逃到后方，无饭可吃，无地可容。睡过了街头檐角，要作长久打算，得寻安身之处。开小店铺，那里来本钱，机关衙门，学校工厂，对妇女职员之任用，要加绝对考虑。搜皮检骨头的一再审查，那付脏相，那里有充当花瓶的资格。苦度了几年，忍受了几年，好，欣幸抗战缩短了时间，马上拖到胜利，她们又何尝不是被动员了呢？

有动员，复员就不会落空，那末，让我就谈复员。

上层妇女，不劳我们耽心。上海、北平、南京、香港，任随尊便，交通工具有问题，飞机票定有人送上门来。复员工作，绝对顺利，我敢写包票。一般妇女，别忙，谁给你路费，往那里去？回乡，茫茫天涯，家在何处！留下，物价跌而复涨，仍难支持。即使手头尚有积蓄，尚能“复员”的动，可是交通那时恢复？火车轮船，直往下排，再过一个年头，怕也临不到身边，她们怎末复呵，我就要请问了——问谁呀！

再说到战前她们的地位与岗位吧，小姐少奶，虽然我不好肯定的说，但，确有她们的社会地位，也就是不可动摇的岗位。战前如此，战后亦复如是，横竖都市不愁不会繁荣。她们即时恢复旧观，舞场、餐厅、戏院、赌窟、交际场合，那里也少不了几朵鲜花，那里也少不了几颗亮晶晶的明星，过去是红极一时，今后又何愁不红里带紫？而且都市的繁荣，还需要她们尽一份帮闲帮忙的鼎力哩！“复员”，赶快“复员”，谁敢说半个不字！

至于一般的市民妇女，战前她们的地位如何，岗位在甚么地方，天晓得！姑且说吧，咱们贵国多少年前传下来的讲，到现在还没失掉时间性的“男尊女卑”“男贵女贱”。经济不能独立，社会没有她们立脚之点，俯仰随人，事事靠丈夫。妇女的责任、妇女的职务就是当牛、当马、当奴隶——噢，她们的岗位就在这里了，牛棚、马槽、奴隶的拘押所，这不满好吗？“复员”，给我“复”到那里去！

话说穿了吧，战后的妇女，不该作磨房的驴子，沿着旧道兜圈子。要改弦更张，要另辟新路。可是新路如何？这，这，总之，不该是在战前的旧秩序之下“复员”——“复原”吧！

《孟子》新读

朱伦

《孟子》上有这样的一个故事：

> 孟之反不伐。奔而殿，将入门，策其马，曰："非敢后也，马不进也！"

这一段话，用白话文翻译出来，大约是：

孟之反在打仗的时候，拼命上前，绝不逃避。可是一等到打了胜仗，别人都争先恐后去抢功劳，他却一点也不吹牛皮，不自表功绩，反而跑在最后。有人问他"你为甚么这样傻"。他说："不是我甘于落后，马腿不留面子，叫我怎么进呢！"

再引伸一下：

就字面看孟之反的所谓"马不进也"，自然是托词。事实上他是谦让为怀，不愿意和那些打仗落后，胜利向前的家伙争一日之长。他不愿意把谦让自吹自擂的表示出来，只好借马来作为推托了。可是当时情形，马是不是真和孟之反捣了一个蛋，那经无明文，不敢乱加添补。但就语气而言，马对于这件事，是应该有它的责任的。

假令把马不进当作事实来看，马为甚么这样回头无义，反脸无情呢？它一点不想露马脚的。把人的劳绩用马鬃一盖，公理放在它的屁股后边，死也不让人向前走，实在不是跑错方向。便就是犯了它的野性，这大约用不到仔细解释，马，总归是畜生，它是不通人性的。

然而，话再说回来，孟之反也未免谦让而不择场合，在只顾自己逞功利，不管别人要不要公理的战国之世，你的谦让，也是徒然的。作战勇往直前固然是美德，成功不伐，又有谁能够体谅你的心迹。所以，连马也都来倾轧你一下，这就是孟之反的迂哉大夫的地方。

其实，马任管如何猛鸷，终是一条兽，和它还有甚么理讲。替孟之反着想，只有一个办法：回过身来给它两鞭子，看它还绊人腿脚也不？

“打回老家去”新释

东郭迪吉

“打回老家去！”“打回老家去！”

抗战初期，土地沦陷，中国人在奔波各地，流离失所。就时势之要求，这五个大字，便成了失去了窝巢、家乡的人自然的呼声。于是嘴巴上所喊的口号，街头上所写的标语，高唱在人群中的歌曲，都离不了这赫然动人的字句。这是人籁，又何尝不是天籁呢？

自然在这五个大字的号召之下，许多开始逃到后方贪一时苟安的有不少人重回到故乡，以自己的力量，自己的枪杆，汇合着未曾出亡的人们，发动了游击战争，使广大的沦陷区域，保留下恢复的火种。还有不少的人，虽然没有实际的回老家去，但在后方，仍然是努力着抗战的工作，有助于前方的军事行动。所谓“打”也者，固不止扛起枪杆，握起拳头，扩大的说，凡是为了抗战，与敌人斗争的举动，都含有“打”的意思的。

可是还有不少的人嘴巴上讲民族思想，而把“民族”两字挂在屁股后边，脑子里为没有在抗战上打个转，专在后方作发国难财，囤积居奇，操纵金价等鄙卑的勾当。或者，疏散，疏散，疏散，……逃亡，逃亡，逃亡，……逃避抗战，逃到大后方，享乐偷安，忘记了“打”字。如果不是敌人加速的投降，也许还准备逃到西康、兰州、昆仑山、帕米尔高原。更有一种人，回到老家去了，但不是为了“打”，而是和敌人汉奸，勾勾搭搭，希图当刘豫当张邦昌，来过桥落水，混泥巴里摸鱼。……诸种现象不一而足。所以说，这五个字，固然号召起不少的中国人民勇于抗战，而神经系象皮一般厚刺激不动的，也大有人在。

现在据说这些都是过去的事了，今天既然日寇投降，我们就等于十足的胜利了。有人提议，“打回老家去”，这五字已失掉时间性，应该根本取消，束之高阁。是乡，否乡，那我这拙笨老实的心里，则深以为不然也。

正因为敌人加速的投降，我们这胜利提早的完成，许多在抗战中所浮起封建的渣滓，还没根本扫除净尽。于是他们便趁此时机摇身一变，甚么伪组织哩，甚么维持会哩，那里边的中心人物，大约都会想看风使舵，来一个鹞子翻身，想作东山再起的。这不但对我们抗战力量有所不利，且将使中国仍走着过去途径，模糊了新生的大路，成为一个新的危机的。如此我们就不能不改变的引用一句成语“抗战虽然完成，大家仍须努力！”而且今天是同样的艰苦，更要加倍的努力哩！

那样，我就想到“打回老家去”这五个字不但不该取消，实有继续保留的必要。过去打鬼子，今天打的对象虽然不同，如果把这句话稍微变变地位，更好：——回老家，——打，——打谁？——打汉奸，打伪组织伪维持会的馀孽去！（自然这“打”字还是不只是拿起枪杆，握起拳头，而是不放松的与他们斗争！）

贺溥仪被俘

东郭迪吉

报载：苏联大军，进至沈阳，溥仪已被俘虏，我得到这一消息，不禁地替溥仪祝贺了！

就表面看，人家正从所谓的“满洲国”的皇座上跌将下来，也许悲凄万分，泪流满面，而我却为他祝贺，这似乎未免是对着愁人唱曲子，有点不大近人情。但我之所以贺的，确有至理存在，溥仪如果还有聪慧灵机，那一定不会以我的贺而为忤吧。

溥仪之与陈公博、周佛海之流，都是在日本法西斯军阀进攻中国中，所成立的伪组织。但两者加以比较，陈周等就比溥仪刁钻古怪，精灵剔透的多。陈等之在南京玩了不少的欺骗、压迫酷虐、离间等把戏，在日本法西斯的总的侵华政策之下，活泼而有变化的自动做着他的执行者。而溥仪之在东三省，虽然也设“朝”建“国”，成立了一个小朝廷，可是既乏奸诡力量，又没有甚么实权，一举一动仰赖于他那日本皇爸，做了一个比傀儡而更傀儡的角色。如果在历史找例子，南宋之际，张邦昌有似于今之陈公博、周佛海之流，因为他在金人覆翼之下，还使劲充劲，溥仪就是刘豫既参加又无能，一个十足的脓包而已。不过这并不是在两者对比之下，有特别原谅溥仪之意。伪组织总归都是伪组织，都是叛变中华民族的，虽造孽有大小，罪恶有轻重，而统是不可饶恕的。

说到溥仪，我不知为甚忽然想到《三国演义》上的阿斗。阿斗在长板坡兵荒马乱中，被抱在赵云的战袍里边，等赵云杀出重围之后，听不见他的哭声，以为他早已断气死亡了，可是打开战袍一看，他却呼呼的睡的那末宁静。批《三国演义》的人批到这里，很得意的批上“阿斗从这时候起，睡了一辈子”。溥仪的一生又何尝是不一样，在五六岁，就被人家胡里胡涂的裹上龙袍，抱上金殿。那时我想他也许还会尿水污了御座，怕的哇哇的哭哩！（如果不是真的像阿斗睡在赵云战袍里一样）这是他当傀儡的开始。辛亥革命搬倒御座，其实，那时，既有优等条例可享，也该酌量自己的分量、自己的骨头的。可是无端里，又有张勋复辟，再度的，还是胡里胡涂，又被提上金銮殿。七天的帝运，玩把戏人舞台一倒，一个滚身，又跌落尘埃，这是第二次的当傀儡。当然还是不由自主的被提线人提弄着的。既至日本法西斯占领东三省之后，这块朽木头又被当做活塞，换一换提线人，又在关外充起皇帝来了，这是第三次的当傀儡。一方面当傀儡当熟了，另外一方面，提来拉去，这不是睡着，便是毫无知觉的木头人，也会头脸秽浊的。当傀儡当到他这样，真可以说是陈旧不堪的傀儡，被烂尘污的傀儡了，他之所以不如陈公博、周佛海之流，大约也正在这里。

现在他势不能再当傀儡，而又不能不被俘的。在他生活史上可算开了一个新天地，所以我就不得不为他祝贺了。为他祝贺的：

一、从此以后，可以休息一下，不必再跟着玩木人戏的这里跑，那里奔，今日登台，明天滚蛋，玩他那呆笨的死把戏。也不必受着提线人提弄，跳跃舞蹈，跪拜然起伏，许多劳碌，纵论他是木头，大约也感到麻烦，能休息还不值得贺吗？

二、据说傀儡里没有灵性的。你生长了也三十多快四十的人了，难道还是你尿御座的时候？难道真是和阿斗似的睡了一辈子吗？过去糊里糊涂，混混沌沌的过着，大约也没予思考过。如今当拉掉傀儡线，当着俘虏，趁此机会，用了脑子想一想。即使懵懂一世，明白一时，也是幸福的，也是应该祝贺的。

三、溥仪之为人，日本法西斯拉去就当傀儡，苏联大军一到，当俘虏，老老实实的。不像陈公博、周佛海之流当傀儡时，玩着许多和平的把戏，将到失败，又企图落水之后，再扮到岸上，来一个投机取巧，乌龟翻身。则溥仪毕竟不同些，即使有那末一天，以人民意志来审判叛贼的时候，陈周如果判决死刑，你当比他们轻一点。陈周如果判决斫二刀，你有一刀就够了，还不更值得可贺吗？

溥仪被俘了，在我以为对他应该是可贺的事，这是衷心之感，实在的话绝不是开玩笑也。

从哈哈爵士想起

东郭迪吉

当法西斯魔鬼希特勒横行欧洲之时，在他的法螺部（法西斯之所谓宣传部，译之为法螺部，或牛皮部，最为恰当）哥培尔手下出现一个英奸（仿法西斯的中国走狗称之为汉奸，法西斯英国走狗应该称为英奸了。其实无论其为汉奸为英奸，皆为民主国之奸，为了要标明出他的国籍，故不能不以汉奸或英奸分别之）名字自讳，不为人知，假称为哈哈爵士。这家伙是一个纳粹的扬声筒，而且是无能要舌头的鹦哥，他不但把法西斯的狂言诞语在播音机中发挥无遗，更擅长一切玩弄语言上各种技术的鬼本领。他有时编一套欺骗迷惑的故事，有时讲讲俏皮话，有时像我们中国的林语堂说一套低级趣味的幽默语，有时来几句洋相声。利用他下流无耻，专向着英美及其它通行英语的国家，作他那口技般的骗术。可是民主胜利的今日，他虽秘密的潜回英伦，终于被逮捕，现在正在审讯中，大约将来不是判处死刑，也一定会受割舌而死的处罚的。

由于这个宝贝，使我忽然想到我们中国无论甚么事，绝不落后。即在国内沦陷区域中之降敌之军官（如庞炳勋、孙殿英等），敌人之特务警犬（如林柏生等）。他们虽然不是用播音机，有的是法西斯的奴才婢仆，有的是法西斯的刽子手，在东方法西斯日本下台的今日，我同样关心的怀念着他们那天落网，那天受审处刑。

再进一步，更想到其罪恶超过哈哈爵士，其行为不仅是当法西斯的奴才婢仆刽子手并替日寇执行着统治中国的政权，在敌人分封的伪政府之下，如刘豫、张邦昌之辈，俨然称孤道寡的巨奸重犯，如陈公博、周佛海等，更使我怀想着他们不久的下场，是不是抢快的落网，加速的斫头呢？——这大约不但我一个人关心，而是全中国全民主国家人民的共同系念吧。

总之，哈哈爵士现在已经死在眼前，怕没有心情再哈哈了。然而对中国之大小哈哈爵士以为罪恶超过哈哈爵士的重犯，又有谁不关心。他们是也许会闪躲有术，逃避有门，因安全出网而自幸的打哈哈呢！

“打是不打”演绎

朱伦

相传有这样一个笑话：

某人约友定时来会，至时，友来，则已酣然入睡，友喊起质之，乃解嘲曰：“睡是不睡”；友猛然向其颊连扪两掌；某怒目问故，友从容不迫的说道：“这也是打是不打！”

笑话终是笑话，无关世界大势，无关国家局面，可是类于此的笑话，一关联就关联到一些大问题的时候，则影响所及，就不止是笑话而已了。

八月十日晚街头忽然快炮各发，欢声雷动，这自然是为了日本提出投降照会而感到欢悦的。老实讲，中国人民在八年血战的困苦中，忽然听到这一消息而兴奋起来，这是应该的。可是第二天拿过报纸来一看，有某些报大标题是：

“日本无条件投降！”

底下却有一条副标题：

“请求保留天皇地位！”

我看了不觉得一愣，单就这两条而言，既称之曰无条件投降，当然底下就不应该有保留的要求了，有保留的要求，便就不是无条件了。这是不是矛盾，我不敢说，但总觉和“睡是不睡”“打是不打”一样耐人寻味：

再往下看中央社急电中，对日本向中美英苏所提的照会中有这样一句：

“……而附一项谅解：‘上述宣言，并不含有任何要求有损天皇陛下为至高统治者之皇权，日本政府竭诚希望此一谅解能获保证。’”

所谓不损天皇至高统治者之皇权就是保留天皇政治。再说澈底一点，天皇政治之存在，也就是法西斯政权的存在，不但与过去中国辛亥革命的保全溥仪生命之安全，大有分别，且与澈底消灭日本法西斯之本意，大有出入。将来盟国若何来考虑这一问题，如何接受日本之投降，那是另一回事，但某些报纸竟拿“保留天皇地位”六字来代替“有损天皇陛下为至高统治之皇权”，清楚与含糊上含意便不同了，我们不敢说某些报纸另具只眼，只在文字本身上来说就已大欠斟酌了。

对于早日消灭日本法西斯缩短战事的翘望，谁不如某些报纸？然而在国际形势遽变中，——尤其是关系于中国前途的今日，我想拿起笔来应该特别慎重才是。“睡是不睡”“打是不打”这类的矛盾法则，无论怎样说是不应该出现在我们人民视听之所系、舆论之所在的某些报纸的笔下的。这黑字印在白纸上，是不能盖抹的，这就不能不使我对于我们这些新闻界人物惋惜了！

谈“签退”

东郭迪吉

有一朋友在某机关当小公务员，昨天忽然很兴奋的告诉我说：“中国真有希望了，抗战胜利，工作紧张，还不是最好的现象吗？”我问他：“从何见之？”他说：“我们机关是过去只有签到，现在奉到政府命令，签到之外，还要‘签退’了！”

呵，呵，原来如此！

过去曾听见说过，抗战期间，节省人力，财力，物力，一个人当两个人用，一个钱当两个钱用，一点钟当两点钟用，一件物品当两件物品用，皇皇命令，不知下了多少，其紧张也怕不自今日始了吧？

自然抗战之后，还要建国，其工作之艰巨，当不下于抗战时期。可是用不到因为今日的紧张，而否定了以前努力呀！

不过签退之举，现在举行，却是值得祝贺的一件事。这并不是因为既签其到，复签其退，有始有终，使马虎的公务人员，不至再有迟到早退玩忽公事的行为。主要的意义，还在于一个“退”字。过去期间，对这个字讳莫如深：军队后“退”，名之曰：“转进”；老百姓曰后方逃难，名之曰“疏散”。“退”字几乎在我们字典上都有删除的可能，而不使他再见之于文字。幸而现在胜利，这字大可不必讳言了。于是机关衙门，来一个“签退”的手续，也是和胜利有联连的，难道还不值得祝贺吗？

不“退”就得进，太前进了，也不是回事。中国人持中庸之道，且不要以为不讳“退”是真的要你“退”，不许退是真的要你进，那就违背固有良好传统了。我想既不后退而又不太前进，就像曹孟德的大兵在长坂桥上遇见张翼德时候的情形，那是最合适不过了。这点，是我对于“退”字的见解。

可是，别只咬文嚼字了，公务人员既签到，又“签退”，当然过去那种规定八时办公。事实上九时半才到场的现象会革除了，并且还许不能再有五点钟下班，三点半就走了的大撤退的事情发生。但我还得问一句：按时到按时退，在办公厅干些甚么？是不是还是吃茶、聊天、下棋、看报纸，混时间消磨光阴，一摇铃，作鸟兽而已。这样即使添了签退还不是让公务人员多坐冷板凳，多受罪吗？于工作何补，于建国何益呢？

抗战之后，紧接建国，需要紧张。自公务人员始，是天地公道的事。仅我觉得还须在基本精神上改变一下，使工作有计划，铲除官僚势派，提高自动自发工作效能，然后才能真的与昔不同。不然也不过多加一番手续，多用一本签退簿子，还是浪费人力物力财力，实足以违背建国尤须节约的原则的。

不过，抗战胜利，不讳言退，添一番签退手续，我绝对十二分的拥护，并此声明！

V

珍爱过去的努力，把握今后的成功

孟超

记得前年在桂林时，田汉先生曾写一篇《艺人行路难》提到话剧、旧剧、杂剧及一切杂耍戏剧从业员，在抗战军兴，即肩负起这一有力的宣传教育组织动员的武器。在敌人的枪火中，在广大的后方各地，不避艰难、不畏贫困，虽然遭受了各种意外的迫害、困顿，在捐税演出场所重重限制中，却能忍气吞声，咬紧牙根，为了伟大的民族战争任务而奋斗。这些事实写出的工作的纪程碑，不容任何人信口抹煞的。

就个人所知，只就西南一方面而论，话剧团体之工作表现，固昭昭在人耳目。然而他们没鞋缺袜，一顿饥， 顿饱，奔波苦熬，更受着痨虫的蚀咬，丧失了他们的健康。此中血泪辛酸，固非局外人所能体会到的。至于旧剧杂剧杂玩等，过去曾不被士大夫所正视，经过欧阳予倩、田汉、洪深诸氏之领导奖倡，多能意识的与话剧工作者并肩作战，绝不自甘落后。前年在桂林举办之西南第一届戏剧展览会，是各方剧人努力的具体的表现，那不但对社会对剧运起了绝大的影响，在剧人本身也尽了自我教育的任务。而他们的艰苦困难的为社会所轻贱，更比话剧从业员有十倍难言的隐痛。明显的事，如华侨马戏团孙福友先生在南洋及旧金山各地，早有国际声誉，抗战军兴，远道归来，奔赴国难，一切工具，丧失殆尽，其爱女亦殉于艺，而曾不少馁。冯玉堃先生以旧剧名宿，如在沪汉各地，主持剧团，可获巨金，而谁能非之？为了抗战关系，特创办四维儿童剧社，抛去迎合观众心理的剧目，倡演言利抗战的新剧。精武技术团与粤剧名家关德兴，一在湘桂道上，一在南洋各地，抗战以后，以全部精力贡献抗战募捐义演，未曾作过一次私人牟利的演出。这些，不但在戏剧运动中不可泯减，即在抗战史话上，亦应特辟一页的。至于艺术本身上的建造，戏剧文学中进益。平剧家李紫贵等所自编之《太平天国》对清朝时代农民革命的剖拆，金素秋女士创作的《恩与怨》对于封建力量的反抗的控诉，都不但技术获得了完整的成功，且认识精深，为现实主义作风活泼的应用的旧戏作品上的示例。相声家欧少久小地梨，谈吐风生，就现实事件，俯拾可得，作为入骨的讽刺和揭露。其大胆敢言，何逊史籍上之优孟之伦。这些，又那里是文学家们所能轻窥其一鳞一爪，所能闭门造车，机械的妄落一笔呢。

以上，仅举出一斑，其他，当更不止此。从这中间可以看出各方面戏剧工作者，对抗战的贡献和成就。而这些贡献与成就，又何一不是凭着血泪实感所换取来的经验与结果。在今天第三届戏剧节——抗战胜利后的第一个戏剧节，我们回头想一想，这过去是多末珍贵的历史，同时，也正是奠定今后成功的一块稳固的基石。抗战需要我们，建国又何尝不更需要我们。今后未必全是坦途，还要我们十倍百倍的精力艰辛去握取的。

同时戏剧运动、戏剧工作者，本身常遭受着困危，他是需要一个民主合理的社会。反不合理社会是我们运动中的主要课题。在艺术上说，我们不但要为行家所接受所理解，更应该使一般人民视为必要，提高它的教育性，从低层社会不正当的娱乐中移转过来，以高级社会不屑俯视中挽回过来，更广大的，更深入的，去各方面撒戏剧工作的种粒。同时，应该重视戏剧运动的全面性。话剧有话剧的观众，旧剧、杂剧、杂耍有他们的观众，而且各有各的功能和发展程序，彼此是不能代替的。我们不能执其一偏而固执地囿于一隅，不能重其一方面抹煞了其他。这就在于不同的努力共同的发扬了。这些，是基本的原则，一向的老话，在抗战中如此，在建国中如此，我们又何能忽视呢？

过去，剧戏运动无疑的在光辉中，今后呢，我们努力，我们加倍努力！

戏剧不要与运动脱节

孟超

田汉先生在重庆戏剧节纪念会中，沉痛地提出了他在昆明和一到重庆所感觉到的苦闷愤慨，并且指出了“戏剧不应与运动分开，抗战虽然胜利了，若要使民族团结得到保障，还要靠自己努力”。他又说：“为了国家民族，为了民主团结，这一辈子牺牲定了，不要打算抗战胜利了可以享福。”“抗战到现在在戏剧技术上虽有进步，但缺乏热情，什么叫热情呢？……是不使戏剧运动和国家民族民主团结的要求脱节。”

他为甚么不惮繁琐的，反复的提出这一问题呢？这实在说是有触于目，有痛于心。抗战虽然算是胜利了，然而，人民在抗战中所获得的又有甚么？

这胜利只是一个幻象，只是些人民可望而不可即的烟云，把握不到甚么东西的。

就我们的戏剧运动而言，在抗战初期，那一股子蓬勃的热情，的确成为了启发鼓舞的力量。抗战愈渐深入，我们不否认的在技术上是更收到绝大的进步。然而，客观的限制与主观的疲惫，早已使我们的运动沉郁的低落下去。还记得在第一届西南剧展当中，田汉先生早已经高呼出戏剧的招魂运动，那也就是“归来啊，热情，回复抗战初期”的要求。现在胜利了，新的事件又增加了不少。我们剧人应该是敏感的，应该不麻木于沉闷呼吸中，过着颓唐的生活。那末就应该振奋一下子，不然，便就成了只有戏剧而无运动的脱离现实的行为了。

所谓戏剧不要与运动脱节，具体的说，就是应该与当前的社会运动合流。戏剧工作者在生活上需要民主，而在他的艺术内容上，更需要这一时代主题，做着他的骨干的。我们戏剧工作者在抗战中已经挣扎着尽了自己的力量，而建国的今日，如何去建国，以甚么目标去建国？我想不但不应该息肩，而且还要加倍的努力。

洪深先生新作《鸡鸣早看天》，将在昆明上演了。虽然剧本内容只是反映一些平常故事，可是，他告诉了我们，这里边都是一个不合理的人与人间的关系，同时也就从这中间产生了舞台上的戏剧，社会上的错综复杂的问题。剧中几乎大多数人都是被否定了的。这里的事件，一般的说都应该被否定不许再存在下去的，可是，还应该透过这些人，这些事，而进一步的认识到他们是发生于这时代这环境，那末这自然就成为了一个社会问题了。他借着文郁的口里说出了：“许多旧东西，在今天不合适，不能再要了爸爸，我们就把那些旧东西扔掉吧！”这应该扔掉的，在社会现实上说，就是那些不合理的现象。在我们戏剧工作上说，也就是那些与运动脱节的工作方式与工作倾向。洪先生的《鸡鸣早看天》的含意，也是田先生所提出的一个最好注脚。

在《鸡鸣早看天》上演之前，我特摭拾田洪两先生的意见，申述如上。最后再重复一句：还是“戏剧不要与运动脱节”！

教师节替教师发牢骚

朱伦

今天是教师节，政府通令大小学校放教师假一天，还开晚会招待教师，为教师悬旗祝贺。当教师的一年三百六十五天辛辛苦苦，上课吃粉条灰，有这末一天，让他们风光风光，也应该心满意足了。可是当教师的如果一想到自己事业之困难，生活上之窘迫，我想过教师节他真会感激涕零，不能不大哭一场的。笔者虽非教师，但从侧面观察，心实悯焉，借此机会，替普通中国之教师发发牢骚。

日俄之战，日本胜利，归功于小学教师。今日中国抗战已经胜利，其劳绩是否教育人员也可分润一点，这中间就怕大问题，固然日本所施行的是军国教育，也就是法西斯教育，为我们民主国家，民主世界所不取。然而试问今天中国所施行的教育政策，教育方针又是甚么呢？我想从幼稚园教师起一直到大学教授为止，怕谁也答不出来。教育找不出一定方针，教育没有一定目的，含含糊糊，国家须有如此之点缀品，而教师就不能不硬着头皮教下去。教师要求学生进步，学生思想学术与时代潮流相配合，后边总有鬼拖着他的腿。教师要求学生活泼，有青年气，而又有人在明里暗里指示着，要禁锢要呆板。教师要求学生尚气节，明正义，却又有人告诉你叫他当人口贩子。教师要求学生明白清楚，却有人请他们吃浆糊。说到学校设施，无有不爱学校的教师的，他希望学校民主、开明、有秩序、上轨道。然而有些学校主持者，教育主持者，却把学校当做了皇宫衙门森罗宝殿，黑漆一团，使当教师的四面八方看不到一点日光。在这种情形之下，甚么填鸭教育、囚徒教育、奴性教育、机械化教育……种种现象都出来了。有良心的教师，只有暗里垂泪，丢下教鞭，改业他求。一般普通的教师，则不负责的小学教员把小孩子带来带去，是牧羊人。不负责的中学教员照教科书直说白道，是街头小贩。不负责的大学教授，随口乱诌，是茶馆里说书的。大家鬼混，教育事业就变成在热锅里煮馄饨了，又有什么不使真正以教育为事业的人哭呢！

至于教师之生活待遇，更不必提。教师如叫化、如难民、如瘦弱憔悴之鸦片烟鬼，牛马般的食不饱力不足。再加粉条灰蚀着他的肺，种种束缚缠着他的头脑，教，教。如果真正有地狱的话，他们是十八层地狱底下再十八层的冤鬼，这更是他们哭不出来的了。

中国有句成语："教育神圣。"神是见庙堂里的木偶，圣是空头的荣誉。今日教师正被当成木偶，而只剩下空头荣誉了。黄炎培先生主张“生活教育”，其实今天的教育，倒是“死灭教育”呵！然而，当教师的先生，可也不必过分悲观，今天抗战已经胜利，一切都在改弦更张。过教师节主要的祝词，该是请你们再忍耐一会儿，讲教育随着时代变去，等一个“以观后效”吧！

官箴与民心

陈茵

抗战八年，一朝胜利，收复区人民过去在敌伪统治下，所遭受之非人生活，已不堪言。此时盼望国军及政府委派人员前往解其倒悬，实为大旱之望云霓。最近读蒋委员长电令收复区军政党员整肃纲纪，方知各收复区一般情形，确有令人不忍言者。蒋委员长毫无所讳的指出："京沪平津各地军政党员生活穷奢，狂嫖滥赌，并借党国军政各机关名义，占住人民高楼大厦，设立办事处，招摇勒索，无所不为，尤以沪平为最……"似此种种，使收复区人民千难万苦，方得脱离敌伪之酷虐，而一转眼间，又转入此类不肖之徒的网罟，想其痛心疾首，将千万倍于过去。幸吾贤明之领袖，鉴微知著，不然，大约还不知伊于胡底哩。

同时，我们也读到本月十三日本市（昆明）《中央日报》社论《收复失地勿失民心》指出此种现象。"其来也均有自"，及国家用人，"廉应更重于能"皆深中要害。他揭发出这类腐化分子，其来历“出诸奔竞夤缘，我有夤援好官自来，我能钻营目的终达”，丑态百出，几如一部官场现形记，不想竟见之于建国时期之官吏，竟出现于乍胜利后之收复区域。该论更指出，当此贪污之风滔滔天下之时，“廉”应更重于“能”，不幸收复区所见腐化之人，即若干主官心中所认为“能吏”者也。此种能吏，不仅长于肆应，抑且善于逢迎，在职务上虽有主官僚属之分，在社交上则多“奢侈群宴”之雅。这不但明显的透露出官均“能”的观念，即是加强“不廉”的别称，更窥见他们上下一体，以腐化为根基的结合，不幸特别在收复区表现的露骨些罢了。

不过，我们仔细体会蒋委员长的手令，确实是体念民困，伏察到一般的隐情，《中央日报》社论则把这一圈子缩小到“苟有一二人，一二事”，一二人，一二事，是否真能造成一时风气，当成问题。但这也没有甚么关系，论者未必真与蒋委员长意见相左。即使是一二人，一二事，结果以至于“贪污之风，滔滔天下”，这一二人亦定非等闲之辈，他们的力量是足以左右一时。其一二事，既能引起中枢之注目，更当非琐屑末节，这大约都是不待言的罢。

我们为了国家前途着想，为了收复区无量数人民着想，不忍看见贪污腐化之风愈演愈炽，不忍看见收复区同胞再度陷于水深火热的生活当中，我们竭诚的拥护蒋委员长的手令，更十分同意《中央日报》社论有力的证明。因此希望言出法随，如手令所言，对此辈贪污腐化分子，“视为我革命之敌人，必杀无赦”。更希望除“主官检举”之外，我收复区人民，应上体中枢爱民之殷，望治之切，亦积极参加此项贪污腐化的检举工作，辅助政府创造良好政治风气，则不仅收复人民首蒙其利，亦建国前途之大幸。

不准汉奸自杀

朱伦

我的朋友 W 君。听到陈公博自杀的消息之后，忽发奇想，认为在抗战胜利之后，汉奸卖国贼都应加以极刑，处以国法，不能让他随便的自杀，以逃躲罪名。所以要向广大的人民高呼：“不准汉奸自杀！”

当时，我乍听了之后，也觉着颇有道理；但再仔细想了一想，就不禁哑然失笑了。W 君，W 君，你真正愚哉大夫也哉！

你想那般货色，既然能当汉奸，早就自己把脸皮剥下来，丢在茅厕里了，甚么气节，甚么民族利益，一古脑儿都忘的干干净净，如果真的能死的话，又何待今天。若说他觉着今后无面目以对国人因而自杀，那几年以前耀武扬威为敌作伥的时候，难道就有面目对国人吗？要说他畏罪自杀，过去惩治汉奸条例虽尚未成为法令，但判法庭至今尚未成立难道真的能立刻把他送到断头台上吗？更似乎尚有自杀的必要的。

而况，所谓汉奸也者，比如陈公博周佛海之流想当初哪一个不是来头好大。别给他耽心事。他会钻，他会变，他会逃脱，刀刃总不容易斫在他颈子上。并且，他们年戚故旧多啦，曲线救国之徒更是不少，大家都是好朋友谁不心心相印，总有办法想——也许还有加倍的借重之处，更也难说。你再说，他又何必自杀呢？虽然死一刹那的事，能有死的勇气与精神的，大约就不曾当汉奸了。

所以我们听见陈公博自杀的消息，就十分的怀疑。别说陈公博在今天的中国，逃脱自不成问题，就是法西斯巨酋希特勒在美国严密注视之下，苏联绝不客气的追查寻获当中，他也未曾死亡——大概已经证明，但逃到那个洞眼里去，还没有能捉的出来。咱们贵国现在有甚么罗，有甚么网，对待战犯汉奸呢？事实告诉我们所谓陈公博自杀，也不过一时的烟幕而已——现在大约隐其姓埋其名，暂时的在海滨风景之区，享受他应得的安乐生活；或者待机而动，准备将来再来一个乌龟大翻身的把戏吧。这几天又有陈群自杀的新闻，也和陈公博那样被登在报纸上。陈群之罪恶不下于陈，而其手眼之宽，政治关系之广，又有他另一种的神通。说他自杀，我仍然不曾相信，恐怕又是一阵烟幕之后，还有他的着落的。好在日本固然可躲，而中国地方大的很，藏弥一个汉奸还不是容易事吗！

我想汉奸自杀，用不到谁来不准，用不到谁来干涉，他那能会死呢？相反的我却觉到今天要紧的还在于堵紧他的洞口，填好他的窟巢，用无数眼睛瞪住他那些年戚故旧，政治关系——看他怎样逃，怎样躲，怎样逃脱，更怎样变过身来呵！

谈开放言论

陈之骥

最近报纸上关于各国开放言论的消息是不少了，有的取消战事出版检查制度，有的提出出版集会结社的自由。甚之于战败国我们的敌人法西斯日本，也有此举。我们中国更将在下月撤消新闻检查。

本来在战事中间，尤其是对外的民族战争中，民间舆论，是可以督促政府军事政治措施，加强作战力量的，就历史言，如南宋之时，当金兵长驱直入，太学生陈东等千馀人伏阙上书，请复李纲等；张观等七十馀人且书请斩主和的汤思退等。有的是号召军民拥护主战将领，有的是相率上书纠弹主和要员，那时虽然没有报纸，不会发宣言，可是其作用，对于战时的军事政治是有无上裨益，固不止表现了个人的爱国精神和民族意识的。

在这次反法西斯战争中，除了政治机构不同的苏联之外，大部分都采取言论统治的态度。自然这可能是另一面的看法。

舆论畅通，有它有利战事的理由，而说是怕扰害了国策或者战果，甚之说避免敌人第五纵队乘机捣乱，虽然利弊之间，难以权衡，可是还算能够说的通。所以这一统制，便几乎通行各国了。好在战事已经结束，这一政策各国都快将束之高阁，我们用不着再去研讨它的是与否了。

战事结束之后，敌人没有了，战时的国策与军略却已终结了，法西斯第五纵队不能钻缝觅隙的找机会了。言论开放，自无迁延之必要，许多因为战争而堵塞嘴巴的理由，也无法拿的出来。

不过，难免又有人用特殊国情的眼光来看这一问题。是的，也许咱们和别家不同，还得拿历史来做例子。东汉之陈蕃窦武，明朝之顾宪成黄尊素虽在承平而无战事之时，不也是放开喉咙乱喊乱道吗？可是，这一问题，言者方面也许要负点责任，但主要的中心还在于问题是否有可疵议之处哩。

言路开放，就形势论，大约是不成问题吧。所以在今天说，不在于开放的早晚，而还在于开放之后，是不是真有禹拜昌言的精神，采纳谏议的勇气。因为世界上只有周厉王和秦始皇那样的懦夫，才会拿着直言当做诋毁，听着舆论吓的打哆嗦，才会害怕得使人监谤，才会恐惧的下那腹诽者族，偶语者弃市的诏令哩！

谈抗战军人同盟

璞

最近报纸传出并非秘密的消息，说："胡宗南汤恩伯等组织'抗战军人同盟'。"虽然表面上，宗旨如何？主张如何？我们还不得而知，可是既有所组织，就自然有所为了。

我们从这二位组织者身上看，先就觉到这一名字有点不大适合。因为抗战八年来，我们这位胡宗南将军，始终坐拥大军，雄据西北，从没"对外"作过战的，怕连敌人一兵一卒都未会过阵吧。汤恩伯，我们不冤枉他，确是上过战场来，但抗战不是千年百年以前的历史，大约谁也不曾健忘这一刚过的事实吧：中原会战，我们这位名将，为了保存实力，节节转进，以致使整个的军事，受到挫折。由于一个未曾参加对日作战和一个失利无功的人来组织"抗战军人同盟"，就是他自己不觉到汗颜，在旁人眼里看来对"抗战"二字也是莫大污辱吧。

事实的底面，用不到仔细分析，无非是想借此招揽党徒，拥兵自固，甚且反对裁军，对三人军事小组所决定有所威胁，更进一步的进行他们梦想的内战，屠戮中国人民而已。“抗战军人同盟”也者，其实是漂亮的幌子罢了，这种行径，是过去的督军团玩烂了的花样，旧戏重演，难道能骗过谁呵。

不过，真正的抗战军人的组织，我们也并不反对，而且觉到那必然应该具有下列几点原则：

（一）应是真正抗战军人的组合，特别是士兵；这里边不包括跋扈军阀野心军官在内。

（二）应该协助三人军事小组，推行它那一切决议，抗战已经胜利，要求解甲归田，参加生产；不参加内战。

（三）向自己的长官提出要求，算清过去克扣的军饷，进一步发动大规模军队中的贪污检举。

谈学生罢课抗议迄未惩办“一二·一”凶首

茵

本月四日，昆明各学校学生为了抗议政府迄未惩办“一二·一”惨案凶手关麟征、李宗黄等，罢课一天，并作街头宣传。

本来教授们的保证应该在二十七日到期，而学生们信赖师长，论人情、论面子也算做到十足加二了。可是，政府对学生意见毫不重视，教授们又事过食言，连屁都不放一个，学生们之有此行动，确是应有的表示。

事实告诉我们：当惨案发生之后，政府当局曾竭力表示，绝对凭公处理。在今天看，所谓凭公者何？大约就是关麟征有了一纸辞职书，便暂时搁起，不加以惩处，以待重用；李宗黄新任党政视察委员会要职，以便随时派往各地，指挥特务党棍，再造新的惨案；而邱清泉更带领大军，开赴东北，进行新的内战，扩大对人民的屠杀……这些处理，老实说，当时的凭公只是一句漂亮话，而今天实现的，才是真正的原形毕露哩！

再说到教授们，有甚么依仗，有甚么力量，可以大胆的挺身保证，在当时，就不能不使人怀疑。可是学生信赖师长，信赖学者们也应该还有良心，还有正义感，还是学生的处事以真，待人以诚的应有的态度。但是真诚所换取了的，只是政府教授两重欺骗罢了。时过境迁，教授们当时廉价同情，骨子里是暗藏了吸血出卖的阴谋。事实更告诉我们，教授们所保证的有一条是“不得借故处理处分罢课同学”，而联大工学院就开除了自治会代表王世堂等三人（虽已解决，但事实却盖抹不了的）。过去所保证的，现在亲自贸然违反，过去是笑面狐，今天是吞人蛇了，谁又能说这般“吃着政府饭，当着政府差”的货色，不拿手榴弹，不也同是刽子手，凶犯的另一面种吗？

由于这种种——学生们在保证期满之日，罢课一天，不但是抗议的表示，而且也正说明不再受欺骗的心情。能够真正同情“一二·一”惨案学生的遭遇的，只有市民大众。所以作街头宣传的，信赖政府无效，依靠教授受欺，大声疾呼公诸市民。是非公论，广大市民的眼睛是清清楚楚的。

听说：学联会还决定了四烈士定期三月十七日出殡，出殡不是案件的结束，不忍心于先驱者的棺材常久的暴露不葬，是一回事，继续不断斗争又是一回事。埋葬了死者，凭着自己的力量，博取市民——以至全国人民——的支撑，再接再厉更警觉的对“一二·一”继续加紧斗争下去吧！

法国妇女的选举权

陈茵

二十一日，法国妇女首次参加了市政选举，这是妇女初次获得选举权。而且据二十二日《巴黎报》，已有妇女三十一人当选，这不但表现了法国妇女从法国大革命起，经过了拿破仑专政时期，及第一、二两次世界大战到今天，地位的空前的提高。同时，也正征验出世界妇女运动潮浪，于今后重建国际和平中，是将有着广泛的开展的。

首先我们认为各国妇女之参与国家政治活动，真正能博得选举权与被选权的，在法国此次总选之前，只有一个苏联能够做的到。这原因，固然因为政治机构与社会机构的不同，才能确实的证明男女人民同样的享受平等的权利。而苏联妇女在几次五年计划中的贡献，真也无惭的尽了她们不可磨灭的力量，成为获得此项权利的保障。据报纸所载，此次法国妇女投票者，尤以乡区妇女为甚，而所有新选出之女代表，几全为参加法国抗战运动之活跃分子，这亦足以说明此项政治权利之获得，绝非偶然。这些女代表们固然不是为了争取选举权，然后才热烈的参加法国抗战运动，但妇女地位在复兴法国的实际战斗中提高起来，才是健实有力的，这是谁都不能否认的事实。而也正因为如此，法国乡区妇女，参加抗战运动妇女，才是真正理解自己对国家的责任。

一般舆论对这问题的看法，不但视为法国历史上之创例，且寄与莫大的希望，以为可以帮助重建一百万被破坏家庭之伟大工作：这就是说不单在妇女权利上着眼，而进一步在妇女责任上的正确认识。因此，我们对于法国妇女此次获得选举权，不但要为妇女地位的提高而祝贺，而且为法兰西第四共和国的重建工作而祝贺了。

不过，我们还应该特别提出来的，妇女政治地位是根据妇女经济地位而决定的，法国妇女既已获得此项权利，而今后能使其确实发挥妇女力量，以及作为永远保障的，还应该在经济独立、经济平等上，来求取巩固。苏联妇女是很好的榜样，法国妇女运动在战斗中成长起来，大约也不会忽略这一问题吧。但在祝贺法国妇女获取选举权的时候，对其它各国妇女运动，除权利责任互相关联的认识之外，更不能不在这点上，作为鼓舞的致意的。

美国青年军训问题

吴璞

自从法西斯德国、日本相继垮台之后，世界和平是已在黎明中展开，全世界人民在长期战火中辗转呻吟的苦楚已得到休息，而全世界民主运动的潮浪，也可以保障了今后的国际和平。这不能不说是举世欢欣的事，可是，我们在炮火停止之时起，未尝不立刻耽心着今后世界的安全问题，兢兢业业，深恐重复了第一次战后的错误，伏下以后不幸的祸根。我们说波斯坦会议绝不是分赃会议，更不会成为争夺殖民地的强国协定。而这事实告诉我们，波斯坦的原则逐渐被推翻和涂改了，而外长会议谈判的决裂、巴尔干问题、共同管制日本问题，甚之于印度安南各问题，到处都遇着礁石。在中国地区，当苏联尊重中苏协定，如期在东三省撤兵之时，而美军却在大沽口继续登陆，这些，并非我们被硝烟熏迷的患着神经衰弱的病症。但阴云弥漫，不能不使人悲愁注视着今后世界的动向的。

最近从报纸的夹缝里，又看到美国杜鲁门总统主张强迫青年军训的消息。这本来是美国一国的政治设施，也许是教育制度定的规定，似乎不应该与世界全局牵连起来看，但今日世界局势如此，而这一主张可能是适逢其会。不过，客观一点，又怎能让人不敏锐的感到这也是在同一契机之下发生，而不是偶然的。如果说美国青年应该加强军训，为了保证世界的和平措置，以作万一的准备，还能使人未敢妄加揣测。但在同盟国胜利之后，全世界都在进行着复员工作的今日，而已在军役的人员尚未能得退伍休息，而新的青年后备军又在遑遑然积极加以充实和布置，这究是为了甚么？如果说战后世界应该有一次缩军的运动，而这正相反的，将不是缩，而是增，不是减，而是加了。把这小小事实配合整个问题来理解，就使我们对于热心于世界和平世界民主运动的杜鲁门，确乎有点难以理解了。

不过，话还得说回来，门罗政策的隔壁未必就会是黩武主义。我们相信杜鲁门是罗斯福总统最忠实的承继人，而罗斯福总统一生所努力的，未必会人殁政息。而且罗斯福总统之能够获得最后一次竞选胜利的原因，谁也知道在于维持世界和平缩短战争时间，而得到广大人民的拥护。尤其是现役军人，即使说强迫青年军训目的有不可言者，而广大美国青年也会看的很清楚的。

所以，我们对于杜鲁门这一主张，希望他的目的仅是在教育制度上的；并深愿他只是为了更悠远的将来的世界和平（真正的！）的保证的准备而已！

《大雷雨》——黑暗的尽头

孟超

《大雷雨》，是 A. 奥斯托洛夫斯基，用多末沉甸的笔，给我们活绘出一幅阴惨可怕的封建社会的写照。但同时他又使我们在他的笔缝里，于紧闭而窒息的高度气压之下，使劲的喘出了一口被压抑的粗气，替黑暗时代的旧俄罗斯，奏一曲葬歌，透露出一点消息——黑暗到不能再黑暗的时候，也就是黑暗的尽头。

《大雷雨》在乌腾腾的锅底一般天宇上，A. 奥斯托洛夫斯基的笔锋，是一道金亮的电光，划破了那漆黑的，失掉光明的帧幕。从此，这些微细的星光，扩大着，培孕着一个新的世纪。

然而，在今天，在非十九世纪的俄罗斯的国度里，读《大雷雨》，看《大雷雨》的上演，我知道一定还有人不会同情于 A. 奥斯托洛夫斯基这样着笔的。那，他们必然会咒骂着卡特丽娜是淫荡行为，是死不足惜，是应有的惩罚。更将把鲍里斯看成一个引诱良家妇女，不能老老实实听从尊长责叱，替尊长当奴隶当小厮，叛背家规的不肖子。自然奇虹就被看成了一个真正的傻子——让自己的老婆偷人而不加制裁的蠕虫了。相反的，他们当然会偏护着提郭意和卡彭诺芙太太的，因为他俩都是使尽了自己的威权来维持他们的所谓家规、所谓社会风化、所谓道德这些玩意儿的——至于他俩中间的微妙关系，那是他们世界所奖励而必须存在的，用不到视为丑事，——还不是一个最适当的典型懿范吗？不信，试看悭吝而暴躁，乱发脾气而使劲发挥家长权势的，少吗？不准女人眼望窗口外面，不准女人抱住她自己丈夫的颈子的，要活埋女人的，又少吗？一片无尽的黑影里，仿佛有无数的提郭意和卡彭诺芙太太蠕动着。A. 奥斯托洛夫斯基咒诅了一个世界，而他自然就是这个世界的支持者的咒诅的人物了。

我忘不了《大雷雨》，我并不因为十九世纪旧俄罗斯的社会苦闷，而对他感到了竦隔，感到了陌生的。

不过，话再说回来，文艺与现实中间的关联，常常是会被误解被歪曲了的，尤其是那些自命聪明的人。他们迷惑于以古喻今、以彼喻此的种种龌龊的揣测，其实这都是自扰。在世纪末里一切人的神经都是分外的过敏，分外的反常。苍蝇飞在黑暗里，它总以为咒诅黑暗，就是咒诅它。这种色盲的来源，也仍不免是神经衰弱的征象。我读《大雷雨》，我看《大雷雨》的上演，我将正告于这类常识以下的人们，A. 奥斯托洛夫斯基笔底下，他是写的旧俄罗斯，使他们也稍稍放开一点心，自己不必再做草里边的惊棒之蛇的。

A. 奥斯托洛夫斯基所处的社会，是十九世纪旧俄罗斯的时代，所以才发掘出阴沉的乌黑的现象。他的时代与“大雷雨”一样的成为郁闷的尽头，正这样才能完成卡特丽娜、鲍里斯、奇虹……这些特殊性格的人物，提郭意与卡彭诺芙太太一样的也是那时代那土地上所产生出来的怪物，别处大约也曾黑暗过，也有封建束缚，而提郭意与卡彭诺芙太太却未必够格。然而有黑暗就会有库得略西与瓦尔瓦娜。

可是，在我——不仅我，相信有许多像我这样似的，却同情着卡特丽娜，在被压迫的苦闷中她不曾麻木，她有一个渴慕自由天地的理想，她是飞不出笼栏的鸟，她哀痛的有宁死的勇气。这，黑黝黝的角落里，正因为有提郭意和卡彭诺芙太太的魔手，在遮住了光明的天地，才产生了我对他们的同情。我渴慕自由，我有悲愤的报复的直跳的心，我更是一样的喘不过气来——但，没有麻木。

滚滚的伏尔加河，让卡特丽娜跳下去吧，她会起一个很大的波浪。她之后，不会再有卡特丽娜了。鲍里斯将在遥远的西伯利亚不会把“要是我有力量的话”这一悲愤再成为否定的疑问了。同时要“开诚布公地跟他讲个明白”让他“就会像棉花似的软下去”的库得略西，像这样的青年是多的很。不怕大雷雨，能勇敢的将后门的钥匙交付给卡特丽娜的瓦尔瓦娜，更是到处都有。弹一弹六弦琴，唱一曲大胆的自由的情歌，有库得略西和瓦尔瓦娜，黑暗的夜更是不会长久存在的。大雷雨之后，一定有豁然开朗的晴明，这一个信念，谁能会因提郭意和卡彭诺芙太太的高压的威权而减退呢？有了瓦尔瓦娜，所以黑暗就不足怕了。A. 奥斯托洛夫斯基又何尝战栗，又何尝止于暴露呢？

我读《大雷雨》，我看《大雷雨》的上演，我在黎明时，冷对着黑暗的尽头——《大雷雨》！

库力金的悲哀

孟超

如果说库力金是A. 奥斯托洛夫斯基的身影，这不是曲解的话，那末库力金的悲哀，也可以说是A. 奥斯托洛夫斯基的悲哀。更广泛一点说，这种悲哀，事实上也普遍的存在于每一个新时代的前驱者，每一个旧社会的反抗者的心头的。

库力金之在“大雷雨”中，正似在阴霾的黑暗层中，透出了一支火箭，在我们觉到有他就会有光明的到来，这大约谁都有这种感觉的。但在库力金的心里，他虽然不会幻灭，不会以为黑暗包围的太重而失望，而放下他的理想；可是，他的悲哀，在当时是如何能使他轻于释怀呢？

在卡彭诺芙，在提郭意那种社会圈里，有的是封建束缚，有的是只认金钱不认时代的有名人物，有的是受着压迫受着煎熬的牺牲者，有的是懦弱无性的比蛛丝还细弱的弱者，有的是对社会不负责的受过高等教育的都市少年……这种种的人物交织出一幅黑暗的网罗，库力金在这中间，似乎可能超然于这群人，这社会之外，而成为一个有真知灼见的超现实的哲人。然而，他不，他有热情，他有爱社会、爱世界的心胸，他更有他的理想，因此，他所以才有他的悲哀。

库力金他是憎恶黑暗，反对蒙昧，他相信科学，崇拜机器，热望光明，需要开化，他认大众的利益高于一切，这是他的理想。因而他不但对于大雷雨不会惧怕，不会畏怯，并且要用避雷针来克制雷火的毒害，以为“我的身体会化成泥土，我的智慧能指挥雷电”。他向大众大声疾呼着“现在每一条芽，每一朵花，都露出欢喜的样子；可是我们人类却躲起来”。这是他对雷雨的狂呼，也就是对黑暗的封建社会憎恶痛恨到极点，所发出的诅咒与期望。他愿一声霹雳，把这个世界炸的粉碎，他不是一个“白日梦”者。

然而卡彭诺芙，认为他是说教，提郭意更为维护他们的黑暗的暴力，而骂他是骗子……这些，大约他不会引为悲哀的。而在他说出“等到我有一百万的时候，那末我再来说话吧”，我想他虽是一个资本社会的代言者，但在这点上是感到悲哀了，尤其是他从伏尔加河中，抱出一个湿淋淋的卡特丽娜的尸体，眼看着淫威把她扼死了，我想他这时更悲哀了。

可是他的悲哀是有止境的，就是这社会的消亡，下一社会的孕生的时候，正于这一点上，他才含住了泪，忍下了愤怒的火，向着大众狂呼的。

有人以库力金是看不见下一代的力量的，A. 奥斯托洛夫斯基正如十九世纪旧俄时代一般作风一样轻视青年，这样，所以他才有孤独之感。同时，他理想也还是希望着一个资本社会的光临。是的，这些不必去苛责于一个有正义感的长者，我们不要忘记库力金是十九世纪的人物，而在封建社会的深渊下企望于资本主义能使社会开发的，这无疑问是进步的！

卡特丽娜的时代

吴璞

卡特丽娜的时代应该过去了，的确，旧俄罗斯早已换成一个崭新的国度，而且又经过了这次大战中鲜血的洗礼，自然更加健实，女人不会再在空架子的家长制度底下，受着压迫，受着欺凌，逼的跳下伏尔加河去自杀了，她们确是幸福了。

可是，不是十九世纪，不是旧俄罗斯有这末一个国度，却有人——不只是女人，连男人，一切的人——都在压的喘不过气来。我恍惚的看见伏尔加河的旧的水流，改变了河道，许多女的男的一切的卡特丽娜，在忧郁，在哭泣，在悲伤，甚之于在愤怒了。

这里的卡彭诺芙丑恶的家伙——家长制度的代表——披上东方式的古旧的衣裙，却又涂抹着西方的口红蔻丹，不伦不类而又怪里怪气的妄用着纸糊的威权，想把她的魔掌扼住了无数人的喉咙，想用棍棒——法西斯的标志——打扑死一切的人，她会凶恶的说：“我是你们的家长，我主管着你们一群孩子！”呸，只是一只就要倒下的僵尸，家长吗？谁承认你！

卡彭诺芙，她是黑暗的制造者，她不让别人接受到一丝丝光明，她时刻提防着卡特丽娜，甚之不许她眼睛向窗子外边瞧一瞧。然而，她自己却与提郭意邪淫的私通，玩着靡烂无耻的勾当。从这里我们看到所谓“庄严的偶像”的肚皮里边，都是肮脏的臭粪。

她又是撒谎、骗人的惯家，她自己在维持她虚伪的社会，她还教着别人。当奇虹离开家的时候，她骂卡特丽娜不哭几个钟头，不足以显出她的贤慧。告诉她：“就说你不大在行哭，那末你假哭好了。”忘不了死要面子，家长制度谁说是一个谜，不过是一个谎罢了。

提郭意也是这一种型的另一面，放高利贷，压榨旁人，阻碍科学，阻碍文化，而又鄙吝自私，一天到晚，在家里专寻着别人吵架。他和卡彭诺芙的勾搭，就是这整个时代的恶势力结合的象征，谁能把他俩分拆开来看呢。

别以为卡特丽娜的问题，只是恋爱的纠葛，放大一点，她是为了自由的呼吸，她是为了感情与生活的束缚，她要求的是解放，对时代的，对家长制度的——“解放”两个字，在她的时代中是悬为禁例的不许做，不许说。可是，你能掩盖的住吗，人类终有解放的一天呵！

从菲克露萨的口里，透露出一个消息：“还有一个地方，那儿的人全有狗头。”狗头，全有狗头，那地方并不遥远，就在卡特丽娜的身边，她就是被疯狗咬死的一个，她的左右，到处都有吠声吠影的狂叫，到处都是狗仗虎势的恶兽。所以说卡特丽娜的时代，也就是狗类横行的时代，库力金，也有他的说明：“他们怎么样虐待他们的亲戚，怎么样压迫他们的家庭。在那些门闩背后，流了多少的眼泪，没有人听见，没有人看见！”在那些铜闩铁锁后面，他们过的是怎样堕落的，荒唐的生活，他们所做的事情，没有一件是可以见人的，所以他们不让任何人看见，不让任何人知道——只有天知道。他们说：“你们可以在人群中或是在街道上看我们，可是我们的家庭跟你们是不相干的。所以我们有铁锁，有铜闩，还有恶狗。”但，库力金不只是一个时代的咒诅者，他还是一个时代的预言者，他眼看着卡特丽娜的时代的倒下，同时他也宣告着下一时代的出现，他说“雷是上天的恩宠”，他赞颂“红霞照遍北方”，他告诉别人不要怕。是的，别怕，新时代就要在卡特丽娜时代谢落后立刻出现的。

在卡特丽娜时代，必然会有鲍里斯这种人物出现。有人说他对卡特丽娜，仅有淡淡的一缕稀薄的情意；有人说他只是去都市中享受了多量的繁华，换一换口味，寻出一点乡野的刺激而已；更有人直接的说他是骗子。这些，似乎不必多问去追求他的动机。然而他热烈的博得了她无比的真爱，等到他们的关系泄露的时候，却那末无耻的懦弱——不是懦弱，而是背离，而是变卦，而是辜负了她。——这由于他祖母的遗产，由于他憧憬着的自己的未来的前途，别管他怎样装腔作势，别管他如何的假惺惺，个人私欲念盘据在心底，正义都会抛诸脑后，而况爱情呢？十几天的甜密的语言，温柔的抚慰，事实告诉人说，只是花言巧语，只是对卡特丽娜的拆白行为，我不相信他还有甚么话可以自己解释。鲍里斯——无耻的东西，卡特丽娜不幸而碰到了他，可是他也不幸的在卡特丽娜时代中显露他的狐狸尾巴，他将坐着马车去了，还来一套自欺欺人的告别。那时没有更便利的交通工具，如果有的话，假令是飞机吧，他一定会躲上云彩眼里，摇摆着雏形的绅士架子，再背着一付漂亮的招牌，远远躲去，找寻他的美梦的。卡特丽娜的死活，那能放在心上。卡特丽娜爱上了他，不是恨事，而实是瞎了眼睛。可是，别以他到了西伯利亚真会有甚么私利的前途，在卡特丽娜时代倒场的时候未来以前，也不过预先的流放而已。

卡特丽娜的时代虽照旧的存在，但今天的女性，毕竟与卡特丽娜不同，她要自由，她会争取，决不忏悔，决不以为雷声是上帝的震怒，她宁愿血淋淋的斗争而死，也决不自己跳下伏尔加河的，所以再有比卡彭诺芙还凶恶的压力，也镇伏不了她！再有比鲍里斯还会欺骗的花样，也瞒哄不住她，这样卡特丽娜时代的末日，就要到了。

奇虹最后是明白了他和卡特丽娜是具有同样的命运的。他会喊出了，“妈妈，你害死了她！”可是，空喊有甚么用，他也应该自己挣断束在身上的镣铐呵！

伏尔加河不会永远逆流着，它终一天会显着银色的光彩，而跳下去的将也不是卡特丽娜，而是卡彭诺芙、提郭意、鲍里斯和附着在他们左右的许多狗头兽们，并且不会是自己跳下，将是被谁扔下去的。屠格涅夫在“处女地”上曾预言出匿名的俄罗斯，卡特丽娜时代过后，我以为新时代，将必不是匿名的。

中国在五四运动以后，曾把《娜拉》介绍过来；抗战以前，《大雷雨》也被译过来，而且在上海隆重的上演了。这都是时代解放的召示固不止限于妇女一方面。如今御用报纸早已唱出“五四之风不可复见”的谬调，而打着名流学者幌子的傅斯年之流也认为如今不同五四，抗战以前的风气是否应该保留。我不能替他们画供，然而，当《大雷雨》上演之日，眼看着卡特丽娜被她的时代扼死，也不能不冷冷的愤怒了。

卡特丽娜的时代，看你还有几天存在啊！

出版说明

《流云散记》是将孟超先生于二十世纪三四十年代所发表于各大报纸上的作品结集成册。在还属于手抄的著述年代里，这部作品中的每个字都是经过作者精琢细磨之后所拣选的，且当时的用词用字标准也与现在不同，所以为尊重作者写作习惯和遣词风格、尊重语言文字自身发展流变的规律，给读者提供一个可靠的版本，本书对所有篇目中的文字不进行现代汉语的规范化处理。

另外，因其最初是发表于报纸上的，所以每篇文章都用了一个或一个以上的不同的笔名，但其实这些文章都是孟超先生所著。

提请读者特别注意。

北京出版社